コインロッカー

たまきはる海のいのちを

―三陸の鉄路よ永遠《とわ》に

小田原漂情

小田原漂情

仙石線 72 系車体更新車＜写真：眞船直樹＞

仙石線 72 系電車＜写真：眞船直樹＞

現 野蒜駅

旧 石巻駅（「電車駅」）＜写真：眞船直樹＞

旧 石巻駅（「汽車駅」）＜写真：眞船直樹＞

現 石巻駅

万石浦をゆく急行「おしか」回送＜写真：眞船直樹＞

現 女川駅

キハ 58＜写真：眞船直樹＞

キハ 58 とキハ 21＜写真：眞船直樹＞

小牛田駅＜写真：眞船直樹＞

小牛田駅 スハフ 42＜写真：眞船直樹＞

青森行き普通列車 オハ 35< 写真：眞船直樹 >

足ヶ瀬駅

鬼ケ沢橋梁

かつての釜石駅＜写真：藤枝 宏＞

現在の釜石駅

釜石港と釜石市街＜写真：藤枝 宏＞

釜石駅 三陸鉄道盛行き列車

浪板海岸

宮古駅

現 田老駅＜写真：宮古市＞

旧 陸前高田駅＜写真：陸前高田市＞

かつての高田松原＜写真：有限会社高田活版＞

巨釜 折石

気仙沼線陸前戸倉－志津川間をゆく列車＜写真：眞船直樹＞

気仙沼線全線開業日の気仙沼駅＜写真：眞船直樹＞

開業日の気仙沼線＜写真：眞船直樹＞

志津川駅① ＜写真：眞船直樹＞

志津川駅② ＜写真：眞船直樹＞

志津川湾

志津川湾（祈りの丘）

たまきはる海のいのちを ‐ 三陸の鉄路よ永遠に　目次

目次

口絵まえ 1
はじめに 21
一 時きざむ海 25
二 ゆくりなき会い 51
三 山の果てに海ありて - 釜石 73
四 春を呼ぶ風 97
五 真直ぐなる意志 125

六　志津川の海　157
発表時付記一覧　206
口絵あと　213
口絵解説　229
ブログ抄　二〇一一年三月一二日〜二〇一三年三月一一日　249
あとに　268

はじめに

二〇一一年、平成二三年三月一一日のあの時から、まもなく十年になろうとしています。あの日私は、東京都文京区の言問学舎で、自身が経験したことのない揺れにおののきながら、ネットとラジオで情報を集めました。一一日当日は、多くの人が同じような状況だったと思いますが、くわしいことはわからぬまま、その夜は言問学舎に泊まりこみました。

そして翌日午後、一部運転再開していた地下鉄で帰宅する際、購入した朝刊をひろげて見て、はじめてあの日の津波の一端をかいま見たのです。

それはたしか、仙台市若林区の海岸を襲った津波の写真だったと思います。海岸の松林に押しよせ、くぐり、あるいは乗りこえんばかりにして平野部をめがけて行く津波のありさまが、一面に大写しされていたのです。反射的に、私の胸中には、次のような言葉が浮かんでいました。

「みんな怖ろしかったろう。苦しかったろう。」

震災、津波の被害の大きさと、自分がいた場所とを考え合わせると、この言葉をここに記すことが、十分に適切なことであるとは思いません。しかしまた一方で、この『たまきはる海のいのちを - 三陸の鉄路よ永遠に』を上梓するにあたり、私自身の偽らざる思いとして、あの日私自身の身におとずれた言葉を明示して、出発点を明らかにしておくことに、一定の意義があるとも考えます。

そして、あの二〇一一年当時、やはり多くの方が「何かをしなければならない」と感じ、行動したということを、私も多くの媒体で目にしました。

私にできることは、書くことだけです。あとに掲げてある当時のブログ記事にも、「やがて、昔日の報恩のために、なすべきことは見出されよう」と記してありますが、私はその時、まとまった作品を書くこともできぬまま、それでもそのときどきに思うこと、言わねばならぬことを、ブログに綴っていました。さまざまな形で現地入りし、つとめを果たしている方たちの行動を仄聞しながら、身動きのとれぬ身のめぐりに、ただ頭を垂れるほかなかった時期もありました。

報恩、と言えば、今回上梓にあたって野蒜から宮古までの沿岸をたずねるうち、二十代から三十代にかけての若き日々、私は三陸の風土に言いようのない大きななぐさめを受けていたのだということを、実感しました。その恩愛深い土地と人々に対する恩返しは、やはり書くことでしか果たされない。さりとて一度も足を運ばずに、机の上で文章を書くのみということも、許されまい。しばらく葛藤の時期がつづきましたが、震災から一年半たった二〇一二（平成二四）年九月に、福島県いわき市へ足を運ぶことができ、その秋のＷｅｂ同人誌『Ｗｅｂ頌（オード）』第二号に「時きざむ海」を書くことから、本作の執筆をはじめることができました。

　なお、半年に一度の『Ｗｅｂ頌（オード）』の公開時期にあわせて書きすすめるうち、特に三月から四月にかけての年度はじめに、津波の被害を受けて不通になっていた三陸沿岸の各線が復旧しました。そのときどきに感じたことは、当時のあとがきをそのまま「発表時付記一覧」として掲載してあります。そしてＢＲＴ（バス高速輸送システム）に転換し、現在は鉄道事業を廃止した気仙沼線柳津‐気仙沼間、大船渡線気仙沼‐盛間に関して、沿岸の方々が長い期間切望されていた三陸縦貫鉄道の意義を顕彰し、歴史をとどめる意味で、「三陸の鉄路よ永遠《とわ》に」を副題と致しました。


　一九九八（平成十）年一一月に刊行した第四歌集『奇魂・碧魂』の帯文を、歌人の小塩卓哉氏に書いていただきました。今回その一部を転載することについて、小塩氏のご了承をいただいておりますので、紹介させていただきます。

〈小田原漂情は、その歌号のごとく、自らの感情の漂うまま日本の津々浦々に赴き、凛と張り詰めた自らの心弦を豊かに響かせてきたのである。（中略）読者はやがて気づくだろう。漂情の歌の調べが、荒ぶる自身の魂を、そしてさらには、破壊されゆく自然や、この歌集に登場する多くの死者たちを慰めてやまないということを。〉

この小塩氏の帯文のように、私が三陸の風土から受けた恵みを思い、その土地に対する報恩の志から書いた本作は、やはり歌人的な視点からの、風土に寄せる思いの表出という営為なのかも知れません。今年、東日本大震災発生から十年を迎える今、ことさらに何ごとかを提起するような作品では、ないかと考えます。

しかし、大きな恵みを受けた者ゆえ、その土地に寄せる思い、亡くなられた方々を悼む思いには、一片の偽りもありません。震災当日、スマートフォンに入って来た速報の「陸前高田市　壊滅状態」の言葉を見た刹那、かつて大船渡線の車中から偶然目にした高田松原の姿がまなうらに浮かび、言葉を失いました。南三陸町の防災対策庁舎で避難を呼びかけつづけて亡くなられた職員の方のことは、いつまでも忘れることがないでしょう。私自身も若き日の旅の途上に心を奪われた志津川(南三陸町)の海を物語の仕上げの舞台とし、表紙とすることで、震災で亡くなられた多くの方々を悼み、また本書をお読み下さる方々が記憶にとどめて下さる一助となることを願うばかりです。

小田原漂情

二〇二一（令和三）年一月一一日

一・時きざむ海

仙台－野蒜・宮戸島

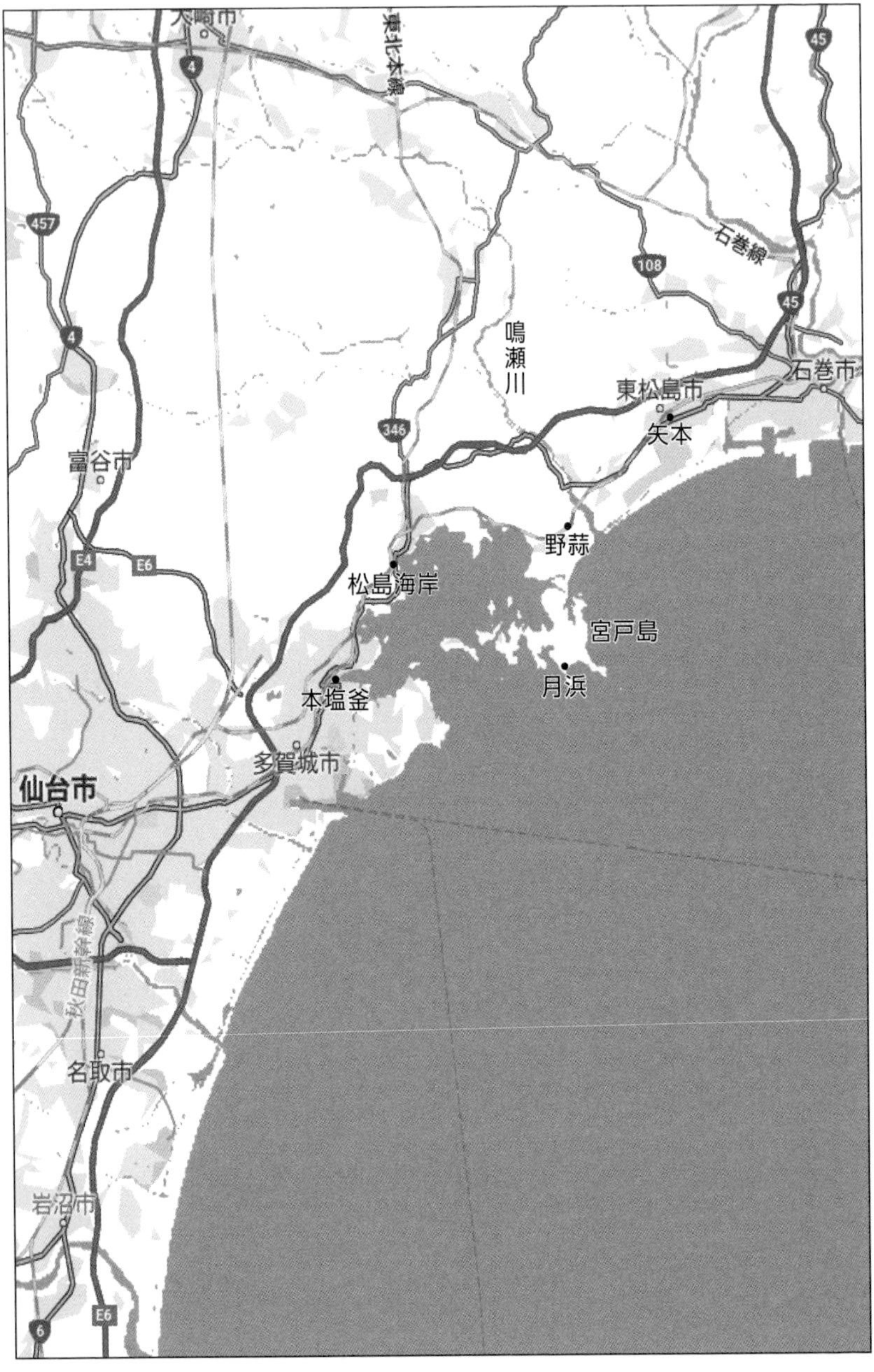
大崎市
東北本線
45
4
457
石巻線
108
45
鳴瀬川
石巻市
東松島市
矢本
346
富谷市
野蒜
E4
E6
松島海岸
宮戸島
月浜
本塩釜
多賀城市
仙台市
秋田新幹線
名取市
岩沼市
E6
6

時きざむ海

夜汽車が深夜に通過する、鉄道駅の合流・分岐点らしい揺れと軋み、幾度めかの大きなそれを感じて、英介は浅い眠りから覚醒した。通路をはさんだ隣りのボックスシートでは、悠吾がこんこんと眠っている。

一人旅の汽車で隣席を見る時の寂寥が、一瞬英介をとりまいた。が、彼はすぐわれに返って、左の腕に五年あまり決まった質量を占めつづけている腕時計の盤面に、視線をうつす。未明の二時半を過ぎたところだ。

どうやら先ほどの大きな揺れは、彼らの乗る夜行急行『十和田』が、本線である東北本線に合流したものであったらしい。すると今通過した駅が、合流点の岩沼だろうか。

もう五分もしたら、悠吾を起こさなければならない。去年の冬に、山歩きをよくする同期の勝から教わった、ボックスシートで上体を横向きにし、向かい側に足をさし渡して寝る方法を昨夜又伝えしたそのままの格好で、悠吾は何かいい夢でも見ているらしい。幸福そうな寝顔を見ると起こすのは忍びないが、今日は目的地が決まっている。それも大事な、合宿の下見である。寝過ごすことはゆるされないのだ。

「おい、悠吾。」

英介は、低い声で呼びかけながら、悠吾の肩に手をかけ、ゆすり起こそうとする。二度めにやっと目を覚ました悠吾は、寝ぼけまなこで言う。

「ん、もう朝か。」

「朝じゃあない。まだ三時前だけど、じきに仙台だ。さっさと起きてくれよ。」

「うーん、わかった。」

言いながらも悠吾は、まだ眠そうに寝返りを打つ。こいつ、自分の希望で民宿の一泊行でなく、車中泊のとんぼ返りにしたのも忘れて、いい気なもんだ、と思いつつ、英介はもう少し、悠吾にいとまを与えることにした。

とはいえ、そのためには自分が、窓外の様子に目を配り、仙台到着まで気を張っていなければならない。寝入ってしまうのはもちろんのこと、夜行列車だから夜明け前まで駅到着のアナウンスがなく、うっかりしていると悠吾を起こしそびれて下車しそこなう心配があるためだ。

英介は、もう一度腕時計で時間を確かめると、鞄から愛用の時刻表を取り出した。仙台着は、午前三時二分。東北地方ははじめてだが、宮城県出身の級友太田から聞かされている仙台南郊の様子を思いうかべると、あるなつかしさとともに、ああ、もうすぐ仙台だ、間違いない、という安堵が胸いっぱいにひろがった。

「おい、本当に起きろよ。」

線路が幾すじにも枝分かれし、その規模の大きさから仙台到着を確かめて、英介はもう一度悠吾をゆり起こした。悠吾は、今度はあわてて はね起き、あたふたと自分の鞄をさがし始める。英介は苦笑しながら、網棚の上から悠吾の鞄を下ろしてやった。

「ああ、すまんすまん。」

これでは顔を洗うひまもない。だが、未明の仙台駅で二時間以上も時間をつぶすのだから、急いで身仕度などをする必要も、またこれっぽっちもないのだった。

いかにも客車らしく、手前に折りたたみ式で開かれたドアからホームへ下りる。六月上旬、未明の仙台は、予想していたよりもすずしくは感じられないが、はじめての土地のさわやかさで、英介と悠吾をつつんでくれた。

第二の新幹線である東北新幹線が開業して、もうすぐ一年になる。上方にその新幹線の大きな高架ホームをかかえた仙台駅は、夜行列車の発着のために煌々とあかりを灯しているけれど、広大さのあまり随所に暗闇を秘めているようで、東京育ちの英介には、すこし怖ろしく感じられた。

　明け方乗り遅れるといけないから、目的地へ向かう仙石線ホームへの行き方だけは確かめたが、このあとまだ後続の夜行が発着する一番線ホームの中ほどにあるベンチへ戻って、仮眠をとることにする。

　悠吾は汽車の中と同じように、すぐに鼾《いびき》をかいて眠りはじめた。だが英介は、未知の土地への旅の高揚感が七分、この合宿の下見に責任を負う立場の緊張が三分というところで、なかなか寝つけない。

　例年、北東北へ合宿に行く渓流班のメンバーたちは、この仙台駅もよく通っているだろう。勝もそうである。彼らの口からよく出るのは、英介たちが乗って来た常磐線経由の『十和田』ではなく、東北本線経由で仙台を約三時間前に通ったはずの『八甲田』である。この渓流班が合宿に出かける時は、M大釣友会の伝統行事「見送り」があり、三年生以下の者はみな都合をつけて、上野駅に集合しなければならない。そして乗り込むメンバーが荷物を置いて自由席に居場所を確保して来ると、それからホームで酒盛りをするのである。

　英介も、強制的に参加させられた感の強い一年生の時は、ただ飲んべ学生が酒盛りをする理由づけに過ぎないと、冷ややかに見る気持ちがあったのだが、会をあずかる主将の立場となった今、「見送り」は仲間の無事を祈る行事、もっと言えば神の住む山へ釣り人が入るにあたっての、自分たちなりの清めの行事かも知れないとまで、思うようになっていた。

そんなことを思いながら体を横たえているうちに、車中で飲んだ酒の酔いもまだ少し残っていたものか、いつの間にかまどろんでいたらしい。気がつくと、東の空は明るくなっていて、時計を見ると朝五時になるところだった。

英介は立ち上がってひとつ伸びをすると、ちょっとはなれたベンチで寝ている悠吾を見た。引きつづきよく眠っているようだ。英介は鞄を開け、洗面具一式をまとめた小袋を取り出して、洗面所へ向かった。鏡をはめこんだタイル張りの洗面所が、長距離列車の発着する地方駅のホームにはたいていある。そこで顔を洗うのが、長い汽車旅をしてきた時の、儀式のようなものである。

洗面台の前に立つと、腕をぬらす前に、英介は腕時計をはずし、ズボンの右のポケットに、大事そうにしまった。蛇口からほとばしる水が、ことのほか冷たく感じられる。思い切りよくざぶざぶと顔を洗い、バイト先でも愛用しているタオルで拭い終えると、夜汽車の旅の疲れが消えて、きりりと引きしまった気持ちになった。

地下道で駅の構内をくぐり抜けて行くと、東側に仙石線のホームがあった。東北本線が南北に貫く仙台駅へ斜めに突っこんできたような、行き止まり式のホームである。私鉄の始発駅のイメージだ。

しかも英介をなお驚かせたのは、そこに待機している電車が、見慣れた国電型の車輌であることだ。形は中央線の一〇一系、山手線の一〇三系と同じである。目的地や時刻について は大体調べたが、途中の車輌や何かまで下調べをしたわけではないから、狐につままれたような感じである。

だが、これこそが旅の醍醐味というものだ。

一時は興ざめしかけた通勤型のロングシートを、予期せぬものとの邂逅、と思い直して、車内の様子をこまごまと検分する。車輌の形式は、モハ七二と記されている。たぶん、古い七二系の足回りで、車体だけを一〇三系のものに更新したのだろう。これはもしかすると、東京近郊の相模線や八高線で走っているのと同じ気動車などに乗るよりも、貴重な出会いかも知れない。

英介はすこし興奮ぎみに、そのことを悠吾に話してみた。だが、鉄道に関心のない悠吾には、皆目見当のつかない話らしい。ともあれ、英介はこの七二系電車を知ったことで、仙石線という線を、この上なく親しい路線と思いはじめていた。

五時二十分、電車がいよいよ、仙台駅を発車する。ホームの前方がカーブしていて、走り出すとほどなくまたカーブ。乗っている者にとっては楽しい。そして家並が線路に近く、まずは市街地を走りぬけて行くようである。

まずは、と英介が思ったのは、今回この仙石線の野蒜《のびる》から入ってゆく宮戸島、通称奥松島を合宿の候補地に選び、下見のため仙台へ来る手段をいろいろ考える中で、名古屋や苫小牧と仙台を結ぶ船便があることを知ったためだ。仙台市街が海辺の町でないことはわかっていたが、船便があることで、やはり仙台は海路を利用しうる土地なのだと思い至って、仙石線が海寄りに近づいて行くその過程が、来る前から興味深い目当てのひとつとなっていたのだった。

進行方向右側、すなわち海側に座って、悠吾と話をしながら何度も遠くを見やるのだが、夏至が近いためすでに太陽が上りかけている空の様子から推して、針路はせいぜい東北東か、場所によっては真東に近いものらしい。単純に考えて、これがせめて北東向きにならなければ、海が近づくこともないのだろう。

「ま、急ぐ旅でもないしな。」

英介は、悠吾に語りかけるとも、独り言ともつかぬ調子でつぶやいた。時刻表を繰り、仙石線のページで確認すると、野蒜に着くのが六時十八分だ。それからのんびり歩いて宮戸島へ行くのだが、民宿をたずねて打ち合わせをするのは、早くとも九時すぎごろとするべきだろう。

とりとめもなく考えていると、仙台市内最後の駅を過ぎたらしく、次は多賀城、のアナウンスが流れて来て、英介はわれに返った。

そうか、もう多賀城か。

英介は、この旅に自分を誘《いざな》ったもうひとつの要因を、ここではじめて思い返した。それは芭蕉である。

文学部の三年生である英介は、来年書く卒業論文もすでに芭蕉と決めているほど、芭蕉にあこがれを持っていた。中学時代に教科書で触れたのがきっかけで、購入した文庫の『おくのほそ道』を夢中で読み通し、それからずっと、芭蕉を勉強して来たのである。またいつの頃からか、西行、芭蕉、牧水と連なる旅のうたびとの系譜に、ただならぬものを感じてもいた。だから今回の夏の合宿を計画するにあたり、〈松島の月まづ心にかかりて〉、いろいろ算段するうちに、奥松島の宮戸島を候補地とするに至ったわけである。昨夜の夜行急行『十和田』は常磐線経由であったから、言わばここからが、「おくのほそ道」への入り口ということになるわけだ。英介は、悠吾にも同じく注意を促そうとした。

「おい、次は多賀城だぞ。」

「ん、多賀城？」

「ほら、お前も好きだって言ってたろう、『おくのほそ道』。“壺の碑”だよ。」

「おお、そう言えばそうだったね。じゃあそのあと塩竈で、それから松島か。はるばる来たもんだなあ。」

「うむ。とうとうやって来たのだ。」

芭蕉の旅にくらべれば、英介たちは夜汽車で五時間あまり、その後駅で夜明かしこそしたが、わずかひと晩でここまで来ているのだから、その感慨は対比のしようもない。だがはじめての場所、それが長い間のあこがれの場所ゆえに、二人にとっては「とうとうやって来た」思いが深いのだった。

「芭蕉は塩竈から、船で松島入りするんだったよね。」

「ああ。さすがにそれは無理だから、せめてこの電車の車窓から、せいいっぱい眺めて行こうぜ、松島を。」

そう言いながら窓の向こうを眺めやると、海の近づいて来ている様子が見てとれた。松島では、芭蕉はあまりに感きわまって句を詠むことができなかったという。英介と悠吾、二人の若者の胸中にも、曰く言い難い疼きのようなものがひろがった。

多賀城の駅では、まだ海そのものは見えなかった。次の駅が西塩釜、ここからも海が望まれるわけではないが、「塩竈」と名がつくのだから、ほどなく海辺に出ることはまちがいないだろう。

果たせるかな、英介にとって生涯忘れ得ぬものとなるかも知れぬ、松島付近の海の景色との出会いは、実に意外な形でやって来た。

西塩釜を出るとほどなく、線路が上り勾配にかかって行く。ここへ来るまで想像だにしなかった、高架線の構えである。そして朝日を浴び、白亜の城郭とも見まがう本塩釜の高架駅へ、英介を乗せた電車がすべりこんでゆくのであった。

その後背地は、港の前衛とおぼしきたたずまいで、さらにその向こうへ、朝焼けのごとき色に染められた海の面《おもて》が見わたせる。

「おい悠吾、海だぞ。海が見えた。」

早朝の下り電車で乗客が少ないから、英介は少年のようにはずんだ声を上げ、悠吾の肩をたたいた。悠吾は反射的に後ろ向きになり、窓ガラスに取りつく。

「あれが松島につながる、塩竈の海なんだ。」

幻想的とも言うべきその海のたたずまいは、同時に英介の胸の奥に、かすかな痛みをも生じさせた。うつくしい海、うつくしい空は、いつでも英介に、ゆかり浅からぬひとりの姿を想起させる。もう何年になるのか、と英介が考えた時、今度は悠吾が、やや頓狂な声を上げて、英介の思いをさえぎった。

「次は東塩釜だってさ。お前、時刻表見て、そこが主要な駅だって、言ってたよな。」

須臾《しゅゆ》の間の夢想から現実に引き戻された英介は、しかしその夢想が決して甘美なものではないだけに、悠吾を厭う気持ちにならなかった。

「ああ、そうだそうだ。東塩釜を過ぎれば、この電車もいよいよ松島に、近づくんだよな。」

英介は鉄道で旅をするのが好きである。時々、どうにもたまらず「ここで下りたい」という思いにかられて、見も知らぬ予定外の駅で、下車することがある。今日だとて、下見の予定と連れさえなかったならば、間違いなく本塩釜でも、ぶらりと下りて歩きたい衝動を感じただろう。だが無論、今日はそういうわけには行かないのだ。

東塩釜を仙石線の主要駅と考えたのは、仙台から東塩釜までの区間で、多くの電車が折り返しの設定となっているためだ。仙台‐石巻間の市町の分布から見ても、仙台と塩竈を結ぶ通勤輸送の終着拠点が、東塩釜ということだろう。

高架駅の本塩釜から複線のまま東塩釜に到着するが、ここからは単線区間となるようだ。そしてわずかに海と離れて、トンネルへと進入して行く。短いトンネルではあるが、単線のトンネルというものをあまり経験することがないため、旅好きの英介にはたまらない。

さらになお、英介を驚かせたのは、入江のような池のような場所をはさんで、左の方から複線の線路が近づいて来たことだ。いぶかる暇《いとま》もあらばこそ、見る間にその複線は並行し、右側の国道ともまとめて束ねられるようにして、海岸沿いの細道へ入ってゆく。今度は右手の海の眺めに、目を奪われる。

松島海岸の駅はまだ先だが、大小の島が見えはじめ、小さな半島に生《お》うる松のすがたを見るにつけても、ここはもう松島湾にちがいない。そして〈児孫愛すがごとき〉様子で点在する島々の向こうに見えている緑の深い森のあたりが、めざす宮戸島ではないだろうか。

さいぜんの「とうとうやって来た」という感慨は、とうに五感の外へと追いやられていた。見るのはもちろん、開け放した窓からとどく波の音や磯の香り、そして英介にとっては思いがけぬ闖入者《ちんにゅうしゃ》のように思われた複線の線路など、いま彼の周りにあるすべてのものが、かわるがわるその関心を奪ってゆくのである。

電車が松島海岸の駅に到着するころ、英介の旅の興奮はひとつのピークを越えていた。ああ、あれがたぶん雄島が磯、瑞巌寺はおそらくあのあたりだな、などと、見通しもつくのだった。

次の高城町《たかぎまち》駅のあたりは、松島海岸とくらべれば、やや内陸の平地の雰囲気を見せている。東北本線の松島駅は、松島海岸かこの高城町、どちらかの駅からさほど遠くないところにあるはずだから、そうだとすると、やはり先ほど仰天した複線の線路は、東北本線だったのだろうか。英介はここまで来てようやく落ち着きをとり戻し、例の複線のことに思いをめぐらした。多少は旅慣れたと自負する英介が自身思いもよらないような、興奮つづきの松島初見参であった。

　時計の針は、午前六時十分を過ぎたところだ。高城町を出て二つ目の駅のところから、線路はふたたび海岸沿い、それも波打ち際を走るような、掛け値なしの海辺の鉄路となった。車窓の左手には、もう明らかにそれとわかる宮戸島が見えている。奥行きのある島のようだ。


「おい、悠吾。次の次みたいだぞ。」

今度は悠吾も承知していたようで、すぐ英介の方を振り向いた。

「宮戸島っていうのは、あの辺だよな。歩いて行くんだろう。」

「そうだよ。お前、自信ないのか。」

英介は、すこしいぶかるように悠吾を見た。

「いや、そんなことはないが、雨降ったりしないかな。」

そのことは、英介も東京を発つ時点では気にかけていた。何しろ梅雨時である。が、夜明けからずっと見ている空の様子では、雲ひとつない快晴というわけには行かないが、天候としては晴れであり、少なくともこれから宮戸島へ往復して用を済ますまで、降られるようなことはなさそうだ。道のりも、おおよそ七、八キロと聞いている。毎日歩く七、八キロはしんどいだろうが、はじめての土地、それも海が美しく、空気も澄んだ島への道を歩くのに、何の気おくれがあろう。英介は、かるく悠吾の肩をたたいて言った。

「おいおい、旅に出るとずいぶん心配性になるもんだな。空を見てみろ、俺たちが行って帰るぐらいの間は、大丈夫だろ。それに距離だって、大したことはないさ。」

いつの間にかふたたび内陸側に入っていた電車が、もう野蒜に到着しようとしていた。定刻通り六時十八分に到着した野蒜駅には、当然かも知れないが、人のすがたは見当たらない。英介はホームに下り立った瞬間に、良いところへ来た、合宿の成功はまず間違いない、と確信した。旅に出てはじめての駅で下りた時、つねにこの上ない開放感と爽快感につつまれる。だがその中でもごくわずかな場合に、えも言われぬなつかしさに抱かれることがあり、この野蒜の駅は、英介にとって数少ないそのような駅の一つなのだった。

駅前に、目立った店などはない。バス停の所在は認められるが、今朝は宮戸島まで歩いて行くつもりだから、直接的な用向きも、また存在しない。だが合宿の計画づくりはこれからだから、場合によっては何かしら、必要になることがあるかも知れぬ。英介は悠吾と手分けして、バス停の位置と時刻とを、合宿の下見レポートに書きこんだ。

「さて、行こうか。」

用を済ませると、二人は顔を見合わせた。と、突然何を思ったか、悠吾が声を上げて走り出す。一瞬、ぽかんとした英介も、悠吾が駆け出して行く方向を自分でも見定めると、猛然とダッシュをはじめた。海だ。少し距離はあるが、二人がこの旅でずっと求めて来たと言ってもおかしくない青い海が、松林の向こうで彼らを待っているのである。二人は抜いたり抜かれたり、すこし休んだりまた歩いたりしながらも、一目散に海辺へ出た。

少し歩くと、もうすぐ海開きを迎えるであろう海水浴場がある。野蒜海水浴場というらしい。落ち着いて地形をたしかめてみると、ここは車窓からずっと眺めてきた松島湾ではなく、外海にあたるようだ。民宿から送ってもらってある案内図が、効力を発揮する。はじめはこの外海を左手に見ながら、南の方角を指して行けば、いずれ宮戸島に出るようだ。一本道のようなものだから、先途を案じることもない。

民宿のある目的地は、宮戸島でも一番奥に位置する月浜という海岸だ。道に迷うおそれはなくとも、どれだけ歩けばそこに着くのか、その見当もまたつかない。だからこそ、のんびり歩くことができるのだと言える。英介はそう言って悠吾をはげましたが、半分は自分の意気を鼓舞するためだったかも知れない。実地に歩きはじめると、やはりかなり距離があることを実感する。

それでも野蒜海岸から宮戸島へ入るまでは、海沿いの道で、大まかな距離感覚から島を目標としているために、足取りは軽かった。

やがて島への橋をわたると、今度は島の入り口から一番奥まで、見積もりのしにくい道のりとなる。また地続きのような島であり、地図で見ると鞍部をぬけるような場所であってもアップダウンはほとんどなく、歩きやすい一方で、どれだけ歩いたかの手応えがつかみにくい。

さすがの英介の心中にも、ここを歩くのはちょっと失敗だったかな、という考えがよぎった時だった。

二歩ばかり前を歩いていた悠吾が、振り向きざまに口を開いた。

「なあ、英介。」

英介はぎくっとしたが、そしらぬ風で答える。「何だ。」

「前から聞きたいと思ってたんだけど。」

英介は月浜まで歩く計画を咎められるのではないことがわかり、ほっとしたが、今度は悠吾の問いかけが何であるのか、そちらの方が気にかかった。

「一体何だよ、あらたまって。」

悠吾は少し口ごもったが、すぐに意を決したように足を止めると、正面から英介の目を見つめ、切り出した。

「お前、いつもその腕時計を、大事にしてるよな。まるで宝物みたいに。よかったらそのわけを、聞かせてくれないか。」

英介は、意表を衝かれた思いだった。まさか悠吾が、自分のこの腕時計のことに注目していようとは、思ってもみなかった。ふだん東京にいる時なら、体《てい》のいいことを言って誤魔化すか、一言のもとにはねつけるところだろう。

だが、ここへ来るまでずっと、彼にある種の刺激を与えつづけていた海が、英介の心をときほぐしていたのかも知れない。一夜の旅程をともにして、悠吾と気持ちが重なっていることもあるだろう。あるいはまた、旅先の初夏の朝風が、いつになく英介の気持ちを軽くして、言葉を解き放とうとしたのかも知れぬ。

英介は体を伸ばして、ひとつ大きく深呼吸をした。そして、歩きながらの長い話になるぞ、と前置きし、歩みを進めるよう悠吾に促して、ぽつりぽつりと、これまで誰にも話したことのない過去を、語りはじめた。

池野早希子は、中学時代の同級生だった。高校はお互い別の学校を選んだが、通学路線は一部重なっており、それ以上に、受験のことで悩みを相談し合った経緯から、高校に進んでからも、互いを思う気持ちが切れることはなかった。恋人づきあいとは言わぬまでも、決して浅からぬ交友が、英介と早希子の間につづいたのである。

ところが高校二年の時、早希子の父が、勤務する大企業の米国支社長として渡米することになった。もちろん早希子は、ごく親しい友人としての相談を、真剣に英介に持ちかけた。英介も苦しんだ。

だが英介には、最初から自分が決定的な役割を演じることができないのも、よくわかっていた。せめて大学生であるならば、思いを告げ将来を約することで、早希子を引きとめることもできようが、高校生でしかない自分の立場では、結局は早希子と彼女の家族が決めた結果に対して、自分が折り合いをつけるしかないのだと。

英介は、できればアメリカなどには行って欲しくないと、真意を伝えたが、それ以上のことは言えなかった。唯一ののぞみは、早希子の兄が大学生であり、かねて一人暮らしをしたいと言っていたことで、早希子も兄との二人暮らしで日本に残ることを選択してくれないか、というものだったが、それは所詮「待ち」の願望でしかなかったのだ。

英介は今になって、時おり考えることがある。大学三年という現在の年齢なら、当時思ったように早希子を引きとめることができただろう。それはまあ、常識的な判断だ。だがもしあの時、二人の年齢や家族のこと、それから常識などというものも一切顧みず、何が何でもとにかく早希子にとどまって欲しい、そのためならどんなことでも自分が引き受ける、そう強く早希子に迫ったら、早希子は果たして日本に残ってくれただろうか。いやもしかしたら、彼女はそれをのぞんでいたのではないだろうか。

結局早希子は、両親の意向と、かねて英語を深く学びたいと考えていた自らの希望とを抱き合わせるようにして、日本を離れる道を選んだ。

そして、彼女が日本を去ってから、英介ははじめて気がついた。早希子こそが自分にとってかけがえのない存在であり、自分は「失恋」したのだと。

早希子の兄の俊夫は日本に残り、家族と住んでいた家で一人暮らしをつづけたから、時々街で行き会うことはあった。その俊夫から、早希子の様子を聞くことはできたのだが、どうしてか、英介は早希子に手紙を出す気持ちになれなかった。自分が強く早希子を引きとめられなかった後ろめたさと、結局のところ早希子は自分ではなくアメリカを選んだのだという失望感、そして最後に会った時の彼女のひと言が重しになって、一度は封までしたエアメールを、郵便局の手前で破り捨ててしまったのである。

「さようなら。いつかまた、会えるのかしら。」

この時も、英介にはいくらでも言うべき言葉があったはずだ。だが英介は、早希子の気持ちがわかっているようでいながら何もできないもどかしさに身を焼かれ、自分ながら思ってもみない言葉しか、口にすることができなかった。

「さよなら。君のことは、忘れないよ。」

それからしばらくして、これは偶然のめぐり合わせだったのか、どうか、その後の英介の気持ちをわずかに早希子へ向けさせるよすがとなっていた俊夫までが、日本を離れることとなった。大学を卒業した彼は、まるで家族の後を追うように、アメリカへ行ってしまったのである。その頃すでに早希子とのつながりが薄くなっていた英介は、それでも電話でそのことを知らせてくれた俊夫から、それが彼の就職先の辞令であること、早希子がアメリカの大学に進むことだけを聞かされた。

英介は、わずかに残された早希子とのつながりが消えてしまうことにはげしいショックを受けながら、俊夫に型通りの挨拶をすることしかできなかった。

一年あまりを経過すると、英介の身めぐりで、早希子と彼女の一家について、時おり消息めいたものが伝わるようになった。そのきっかけは、一家が東京に残して行った家が売却されたことで、多くは信憑性のひくい噂話に過ぎなかったのだが、英介の心を揺さぶるには十分すぎるものだった。曰く、父がアメリカで独立を志し、失敗して、一家離散のような状況になっただの、勤務先で不正を起こして解雇されたの、果ては家族で事故死したなどというものまであり、英介は、そんな根も葉もない話を聞くのは耐えられなかった。

ましてそれが早希子自身についての口さがない中傷めいたものである場合、英介は聞かせた相手を殴りつけたいほどの怒りを覚えた。そんな時、彼は前後不覚となるほどに酒を飲んだ。飲めば飲むほど、早希子に十分思いを伝えきれなかった自分が、責められてならなかった。

英介がいつも大事にしている腕時計は、高校合格の祝いとして、早希子と二人で時計店に行き、二人でお互いの品を選びあって買ったものである。もちろん繁華街へ出かけるのには、俊夫がついて行ってくれたのだが、彼は気を利かせ、時計店では二人きりにしてくれた。そして二人で、お互いの好みを分かちあい、ペアにすることまではばかられたが、文字盤のうすいブルーを揃いにして、その日の思いを共有するシンボルとした。

早希子が日本を去り、消息も絶えてしまったいまとなっては、この腕時計だけが早希子との楽しかった日の思い出をつなぐものであり、もしかしたら彼女がいまも同じブルーの文字盤に視線を落としているかも知れない、大事な時計なのだ。

「そうだったのか。悪かったな、つらいことを思い出させて。」

長い話を聞き終えると、悠吾はすまなそうに、英介に言った。だが英介は、胸のつかえがとれたような気がしており、短く答えた。

「いや、俺もかえって、すっきりしたよ。」

めざす月浜は、もうすぐだった。まだ八時を過ぎたばかりなので、民宿をたずねるには早すぎる。英介は時間を確かめようとして時計を見、文字盤から目を離さないままの姿勢で、悠吾に言った。

「浜辺に行って、しばらく時間をつぶそうか。少しぐらい、寝る時間もあるだろう。」

悠吾は黙ってうなずいた。

海水浴場でもある砂浜に出てみると、おだやかな青一色の朝の海が、どこまでも広がっていた。沖合の漁船にまじって、遠く水平線のあたりには、外洋をゆく大型船のすがたも認められる。

「あの船は、アメリカまで行くのかな。」

英介はつぶやいた。悠吾は何も言わずに、腕組みして海を見つめている。英介は、悠吾と二人でここへ来て、本当によかったと思った。早希子と別れて四年あまり、ずっと心の奥にわだかまっていたものが、ゆったりと溶けて拡散してゆくような感覚がある。

と同時に、十七のままの早希子の俤《おもかげ》がまなうらに浮かび、たまらないなつかしさで胸がしめつけられたあと・・・いまの英介の心の中に、たしかな覚悟が生まれたのであった。

「早希子、君はいま、どこにいるんだろう。あの時、君は言ったね。いつかまた、会えるのかしら、と。いまこそ僕は、君のために言おう。必ず会える。二人があの時の気持ちを忘れさえしなければ、いつか必ず。」

英介は右手で強く、左腕の時計を握りしめていた。そして目をつぶり、早希子の身の上の無事を祈りながら、こんな言葉を心のうちでつぶやき出していた。

・・・深く念ずれば、きっと俤が浮かんで来る。思いもとどく・・・。

なぜだかいまの英介には、そのことが信じられた。そして、自分が早希子のために何をしてやることができなくとも、早希子を信じ、その幸福を祈ることが大事なのだと、心に言い聞かせた。海から吹き寄せる風に、早希子の声が運ばれて来るように感じられた。

了

二・ゆくりなき会い

野蒜 - 石巻 - 女川

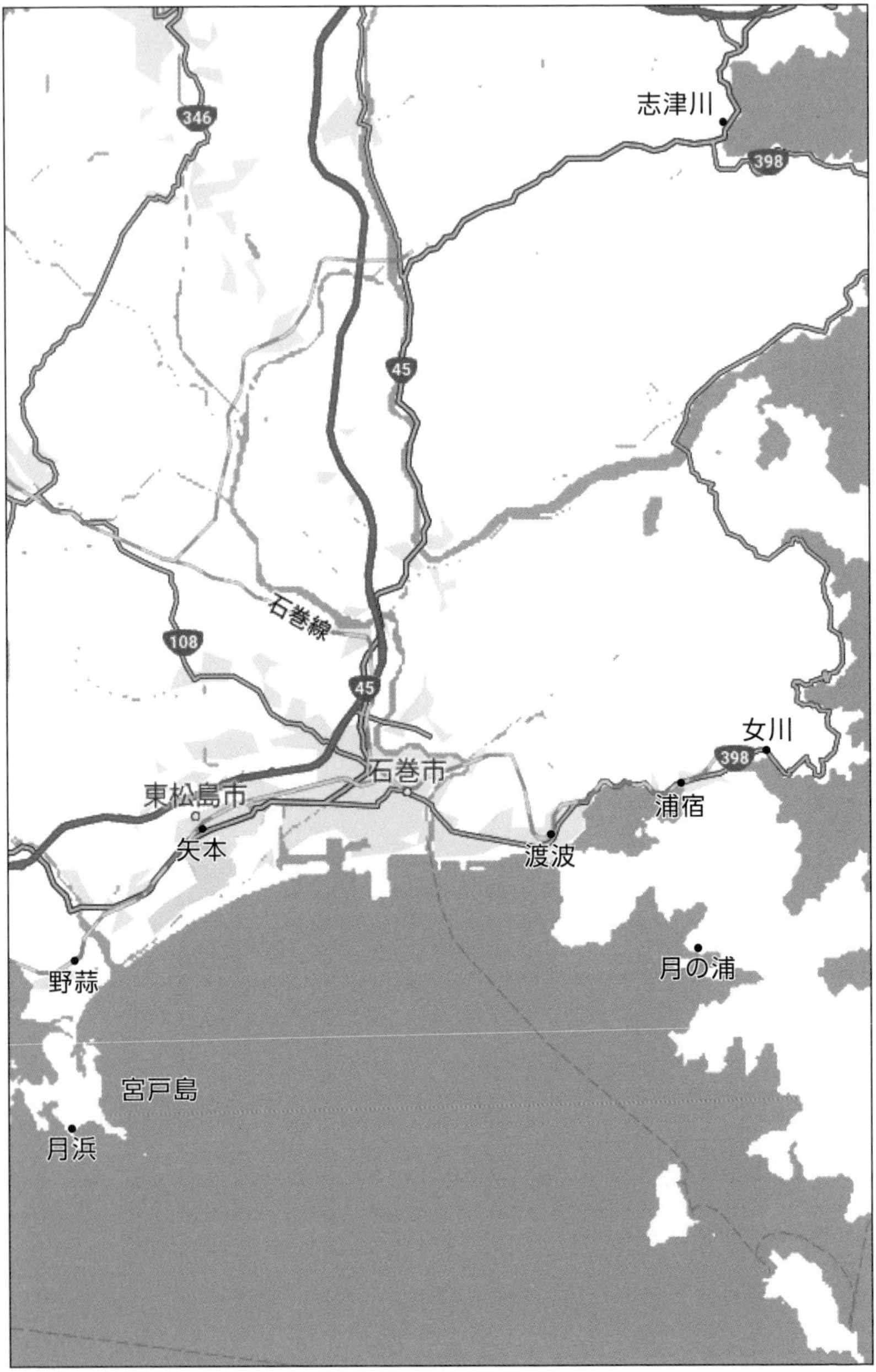

346
志津川
398
45
石巻線
108
45
女川
398
石巻市
東松島市
浦宿
矢本
渡波
月の浦
野蒜
宮戸島
月浜

ゆくりなき会い

八月。河口近くにひらけた沃野を、唸るようなモーターの音を響かせながら、軽快に電車が疾走してゆく。

ササニシキであろう。周囲はいちめん、色はまだ青いがそろそろ実をたくわえはじめた稲穂がおおい、ぎらぎらと照りつける日ざしを受けながら、電車の巻き起こす風になびいている。

英介は、うーん、と大きく伸びをした。夏の旅、そのえもいわれぬ昂揚感と、主将として無事合宿を実行し終えた充実感、解放感とが、体中をひたしているようだ。

大学三年、執行部のつとめを果たし終えた上での、ひとり旅。英介は、自分がはじめて本当の旅に出るように思え、宿泊先の民宿で、朝まだ暗いうちからわくわくしていた。

通称奥松島と言われる宮戸島、その月浜での二泊の合宿は、大いに盛り上がった。夜、浜辺で宴会をしている時、一人はなれて海を見ていた英介のかたわらに、後輩の智子がそっと寄って来て言ったひと言が、脳裏によみがえる。

「先輩、一人で何してるんですか。まるで誰かのことを、思いつめていたみたい。」

振り返ると、自分の肩口でにっこり笑っている智子の顔が、ほんの一瞬、早希子の俤《おもかげ》と重なって、英介は思わずかぶりを振った。

「何でもないさ。さあ、飲むぞ飲むぞ。」

そう言ってごまかしたが、その時英介はふと智子に対して、早希子とのいきさつを語ってみたい衝動に駆られたのだった。それは夏の夜の甘い誘惑で、早希子の帰りを待つことに決めた自分の心が目の前の智子に傾くのをおそれて、あわててきびすを返したのである。月浜に降りそそぐ夏の夜の満月の光は、ふだんはさまでに意識していない智子の顔ばせを、はっとするほど魅惑的に見せていた。

かすかな甘い疼きを覚えながら、英介は時刻表に視線を落とした。石巻まで、二十数分。帰京する一行の先導役は悠吾にまかせ、野蒜の駅で皆と別れて、ひとり下りの電車に乗って来たのである。智子はずっと、大きく手を振りつづけていた。

英介は、そんな智子の姿をふり払おうとして、今回は持参して来た文庫の『おくのほそ道』を手にとった。

芭蕉は松島では、句を詠んでいない。少なくとも『おくのほそ道』には、書きのこされていない。そのために、感きわまって「松島やああ松島や松島や」としか詠めなかったという俗説が伝えられるところとなったらしい。

そして芭蕉と曾良は、松島から石巻を経て、平泉をめざす。あまりにも有名な「松島」から、ほどなく旅程が、

夏草や兵どもが夢の跡

の秀句で知られる平泉へ至る途中になるので、松島を過ぎて石巻に向かうくだりは、学校の教科書などに引用されることもないようで、『おくのほそ道』の中でもあまり目立たないものとなっている。

だが、改めて読んでみると、これがなかなか面白い。

近代以降、都市に人口が集中するようになる前は、地方の港町で、大変な繁栄を見せた場所がある。山形県の酒田はその代表格だし、もっと時代をさかのぼると、いまは十三湖という湖だけが残る津軽半島北部の西側に、十三湊《とさみなと》が大いに栄えていたという。

そして芭蕉によると、当時の石巻もまた、活気のある港町であったらしい。その様子は、「竈《かまど》の煙立ちつづけたり=多くの家屋から、炊事の煙がしきりと立ち上っている」と記さ

れている。

　また、この石巻のくだりには、芭蕉はまっすぐ平泉へ向かうつもりで、進路をたがえて石巻に出たと書かれている。本当に迷ったのかどうかはともかく、東北本線と仙石線がもつれ合うように接近したり、交差したりしているあの松島付近のことを考えると、あるいは本当にどこかで分去れを踏みまちがえて石巻に至ることも、あったのかも知れない。

　英介は、例の松島海岸手前の仙石線と東北本線との並行区間について、今回は十分に心づもりをして来たので、合宿に向かう行きの車中では、食い入るように両線の交わる様子を見つめていた。

　線路のまわりには夏草が生い繁り、並走するのは間違いなく複線の東北本線だった。その様子を見るだけで「夏草や・・・」のおもむきにふれる思いがして、心がふるえた。現代の鉄道線が寄り添って走るほどの隘路を抜けるのだから、その先の松島からでも、ひとつ間違えれば平泉へ向かうつもりが石巻へ、ということも、十分あり得たのではないか。英介はそう考え、まだ見ぬ石巻の町に思いを馳せた。

　矢本という駅に停まると、大きなスポーツバッグを提げた女子高生が七、八人、にぎやかにおしゃべりしながら乗りこんで来た。みな真っ赤に日焼けしている。

一人をのぞく全員が、校名の入った体操着にジャージだったが、最後に乗って来た上級生らしい一人だけは、制服を着ていた。英介は、はっと胸を衝かれた。

女子高生の制服姿など、東京での日常にあっては、見なれたものである。同じように、日々の暮らしの中で早希子のことばかり、思いつめているわけでもない。けれどもどうしてか、英介は数年前の早希子の姿を、思い出してしまったのである。

当時、早希子の高校の制服は、私学だけに垢ぬけていて、高校生の間ではちょっとした評判だった。通学の朝や土曜の帰りがけに会う時など、彼女はいつもその制服だったし、高校二年の時に別れたままだから、今の英介にとって制服の鮮烈な印象は、そのまま早希子に通じるものなのだ。

しかしながら、見知らぬ土地で、ゆきずりの縁もゆかりもない女子高生に行き会っただけで早希子のことを思うなど、英介自身にも思いもよらぬことだった。それは月浜の夜の智子との接近の影響なのか、それとも遠くアメリカまでつづいているかのような月浜の海そのものが、英介の心を早希子のもとへ連れて行こうとしているのか。もちろん英介にも、そのどちらか、あるいは別の何かが理由なのか、いっこうに見当さえつきはしない。

ただ彼の心は、この旅でひときわ鋭敏になっているのだろう。旅は心を解き放ちもするし、普段気づかぬことに思いが及んだりすることも、しばしばある。英介も大学生になってから相当に旅を重ねているので、何とはなしにそれだけはわかるのだった。聞くともなく聞いていると、女子高生たちは石巻市内の他の高校まで、何かの試合に行くらしい。この土地の言葉になじみは薄いが、級友の太田がここからさほど遠くない鳴子の出身だから、そこはかとない親しみが感じられる。

やがて左手の方から架線のない単線が近づいて来るのが視界に入った。石巻線だろう。これが合流すれば間もなく石巻駅、と思っていると、一度は完全に並んだ線路が、終着駅停車のために電車が大きく速度を落とすのにつれ、するすると離れて行く。どうしたことかといぶかるうちに、電車はもう完全に停止して、「終点、石巻ー」と、駅の側のアナウンスが聞こえて来た。

下車した場所は、仙石線だけのホームであり、人の流れに従って歩いて行くと、やはりこの仙石線だけのものらしい、改札口と駅舎があった。

英介は少なからず驚いたが、同時に胸の奥では旅ごころが躍動していた。すぐに東北ワイド周遊券を見せて改札を抜け、駅前へ出てみる。すると左手の方に、石巻線の石巻駅があり、こちらはいかにも国鉄駅らしいたたずまいだ。振り返って仙石線の駅舎を見ると、二階建ての私鉄ふうのイメージである。

英介は、ははあ、とここで得心した。六月に下見に来たあと、気になって、仙台や松島と仙石線のことを、大学の図書館で調べてみた。この石巻駅のことまではわからなかったが、その中で、仙石線がかつては宮城電鐵という私鉄であったことは、知識におさめていたのである。ここ石巻で仙石線と石巻線の駅が別になっているのは、そのためだろう。

来てみないと、実地に旅をしてみないとわからないことが、たくさんある。英介は、下見の時に野蒜の駅で感じたのと同じか、あるいはそれ以上の感慨を、石巻駅の前に立ってかみしめていた。そして売店に足を運んで、よく冷えていそうな缶ビールを一本買うと、かわいた喉に流しこんだ。

ひとしきり駅前を検分してから、さて、これからどうしたものか、と思案する。

先ほどの女子高生たちは、制服の上級生の先導で、市内の南の方角へ、歩いて行った。英介には、まったく当てもなければ、予定もない。そろそろ帰省するらしい太田の日程がわかれば、一日太田の家をたずねることにはなっている。しかし今夜ひと晩は、間違いなく一人でどこかに泊り、夜太田の家へ電話する手はずになっているのだ。

だから今日の英介は、どこで何をするのも、勝手気ままなのである。そうした制約のなさも、彼の心をほうぼうへ遊ばせる助けとなっているのだろう。

所在なく、英介は駅頭の案内地図を見上げていた。港は少し遠く、ぶらぶらと歩いて行くような位置関係ではないようだ。旧北上川なら歩いて行けそうだから、行ってみようか。平泉からはるばる流れ下って来た北上川の、河口近くの姿を見てみるのもいいだろう。そう思った時だった。

英介の視界の端を、一人の女が横切った。英介は、最初ちらりと視線を送っただけだったが、改めて案内地図に目を戻そうとしたところで、心臓が大きくどくん、と鳴った。石巻線の改札の方へ歩いてゆく、うしろ姿。まさかこんなところで、と思いつつも、英介の足は、自ずと女のあとを、追いはじめていた。肩のあたりで切りそろえた髪、少し内向きに足を運ぶ歩き方、そしてちらりと見た目鼻立ち、そのすべてが、女が早希子であると示しているように思えたのである。

しかし英介は、追いついて声をかけるという行動には移れなかった。とっさのことで気持ちが定まらないのと、人違いだったらどうしようという分別、そしてまたそれだけではない。女がもし早希子だったら、日本に帰って来ていながら、自分には連絡もして来ずに、東北の海辺でひっそり暮らしている彼女と、再会を果たして何になるのだろう。女のいでたちは、旅行者のそれではなく、土地に住まう日常の匂いをそのまま放っている。かりに早希子がここで日々暮らしているなら、おそらくその境遇は、英介がずっと望んで来た再会を、ゆるさぬものであるに違いない。そんなことを瞬時に思いめぐらしてしまったため、英介は女に声をかけることができなかったのだ。

女は切符を買うと、どんどん改札の中へ入ってゆく。英介は、ままよ、と覚悟を決めた。ここで女を見失ったら、あとあとまでずっと後悔する。このあと何を見ることになろうとも、女が早希子であるのかどうか、そしてもしそうであるなら、その人の現在がどんなものなのか、それだけでも見定めなければ、と思いを固め、ふたたび周遊券をとり出して、石巻線の改札口に駆けこんだ。


ホームには、女川行きの列車が入って来たところだった。これは英介にとって、都合がよかった。女が早希子であるかどうかはまだわからないが、さして乗客の多くないホームで、あとを追って来たと勘づかれるかも知れぬ自分が身をさらしては、不審を抱かれかねない。もっともそれは汽車に乗っても同じことか、と思ったが、石巻線の列車はディーゼルカーでボックスシートなので、仙石線のように一輛ぶんすべてが見通せる状態でないのも幸いした。英介はそっと、女が座ったボックス席の三つほどうしろに身を置いた。

駅を出ると、市街地を少し走るうちに、小高い山が見えて来た。間に川があるらしく、その川が次第に近づいて、渡る時には「北上川」の標識が、英介にえも言われぬ感激をまとわせた。

が、それ以上に、女のことが気にかかる。あれは本当に、早希子だろうか。そしてもし早希子だとしたら、どうしてここにいるのだろう。帰国していて、連絡のひとつもよこさないとは、やはり昔だれかが言っていた、良くない噂と関わりがあるのだろうか。いや、そんなはずはない・・・。

こんなことを考えながらも、英介は、件の女が停まる駅で下車しないかどうかにだけは、気を配っていた。やがて線路は大きく弧をえがき出し、渡波《わたのは》という駅に停車する。ここはもう海が近い、港町の雰囲気だ。さらに次の沢田駅の手前から、美しい内海の眺めが、手のとどく近さに迫って来た。

夏の日ざしを受けて、おだやかな海面がきらきらと照りかがやいている。海沿いのカーブをゆっくり走る列車の中で、英介はいつしか、早希子と二人で旅をしているような気分になっていた。一人旅ではいつも隣の席が空席で、そこに満たされない思いが残る。でも今は、早希子がそばにいてくれる。

列車が内海の万石浦《まんごくうら》に沿って走る数分間、英介はそんな幻想のとりこになっていた。美しい水面《みなも》には、自分と早希子、二人の顔が並んで映っているようにさえ思われた。

しばらくして線路が海辺から離れると、次は終点女川、のアナウンスが流れた。甘い夢想を破られた英介に、今度は緊張の時が訪れる。列車の二輌分を合わせても、女川で下りるのはせいぜい十数人ぐらいと思われる。いよいよ、どんな形であろうとも、いまのこの状況にけりをつけなければならないのだ。

列車が女川の駅で動きを止めると、女は前寄りのデッキに歩をすすめる。とりあえず、少しの間をとるために、英介は後ろ寄りのデッキへ向かった。

ホームに下り立つと、たしかに終着駅の構造ではあるのだが、幅が狭い。同じデッキから下りなくてよかったと、改めて英介は考えた。このホームでうしろからつづいて下りたら、そこで声をかけなければ、あとから機会を作ることはできないだろう。しかし車輌一輌ぶん、二十メートル弱の間があれば、気どられずにあとから追うこともできそうだ。追うとは言っても、確たる目的があるわけではない。ただ旅先で思いがけず邂逅したかに思われる、早希子かも知れない女について、その真偽をたしかめたいだけである。むろん相手が早希子であったら、その時は、それだけではすまない何かがあるのだが、とにかく英介は、このまま何もなかったことにだけはするまいと、心に決めたのである。

細長いホームから階段を下りてゆくと、大きくはないがなかなか貫禄のある駅舎がある。英介は、改札の手前で自ずと歩みをゆるめた。女がどのような行動をとるか、わからないからである。

しかし女はこの町の住人らしい足どりで、迷うことなく改札を通りぬけ、そのまま駅舎から左の方へ歩いてゆく。

英介は、あわてててついて行こうとして、駅員に呼び止められた。切符を出さずに出ようとしてしまったのだ。詫びを言いながら周遊券を示し、急いで外に出ると、女はちょうど日傘をさすところだった。

その時に垣間見た顔だちは、やはり早希子に、生き写しのようだった。ただ日傘の柄といい、落ち着いたしぐさといい、何やら自分たちより少し年かさのようにも思える。そう言えば、ホームから改札へ向かう足どりからも、今思うと同じ落ち着きのようなものを感じていた気がした。

ふたたび、英介の心中に迷いが生じた。こんなふうに感じるということは、あの人は早希子などではないのではないか。この上、変にあとを追ったりして、変質者か何かと誤解されたりしないだろうか。

しかしもう一方で、早希子に会いたい、早希子に会いたいと、はやる心がある。石巻で最初に見かけた時と同じように、ここで確かめずに帰ったら、悔いが残るだろう、そもそも女川まで来た意味もないではないか、と、だれかが自分にささやくようだ。英介はまた思い直して、今度は先ほどよりももっと離れて、そっと女の行くあとをたどりはじめた。

海が近い。万石浦から牡鹿半島の付け根を横切って、東側の女川港、女川湾の側へ、来ているのだ。

万石浦の車窓を眺めていた時の愉楽が、一瞬英介にもどって来た。何はなくとも、早希子と会えるかも知れないという期待を持ったまま過ごす時間の、何とゆたかなことか。長い間、君の帰りを待っていた。そう早希子に告げる瞬間を夢見るような陶酔に、いつか英介はおちいりかけていた。

が、次の瞬間、英介はぎくりと足を止めた。ずっと前を歩いていると思っていた女が、十五メートルほど先の、小料理屋とおぼしき小さな店の入り口の鍵を開けながら、こちらを見ていたからである。

そのまなざしに非難の色はないが、明らかに、何かを英介に問おうとしている。そしてその相貌は、早希子によく似ているけれど、やはりいくつか多く年輪を刻んだ女の顔であり、早希子本人でないことははっきりしていた。だが英介は、ここまで来たら無礼を詫びる意味でも、きちんと話をしなければと考えた。そして軽く会釈しながら、女の待つ方へと足をすすめた。女は会釈を返しつつ、英介の額に汗が浮かんでいるのを目に留めて、英介を店の中へと招き入れた。

「そういうことでしたの。」

英介は店で冷たい麦茶をふるまわれ、後を追った非礼を詫びると、かいつまんで自分と早希子とのこれまでのことを、雪江と名乗るその店の女主人に話したのである。女主人とは言っても、雪江はまだ三十少し手前で、小さな女の子が一人、いるとのことだった。

「でも幸せね、その娘さん。あなたのような人に、そんなふうに思われて。」

雪江はカウンター越しに英介の目を見つめながら、そう言った。しかし英介は、その言葉をそのまま受けとることができなかった。

「そうでしょうか。向こうはもう僕のことなんか忘れてるかもしれないし、第一、生きているのかどうかさえ・・・。」

英介は、自分でも思ってもみない言葉が飛び出して来たことに驚いたが、より以上に、強い調子で雪江にたしなめられて、たじろいだ。

「さがせばいいじゃありませんか。女川くんだりまで来て、こんなおばさんを追いかけるぐらいなら。」

それは英介が生まれてはじめて触れた、大人の女の怒りであった。

「船の事故ではね、遺体が見つからないことも多いんです。さがすこともできなくて、百パーセント帰ってこないこともわかっていながら、それでも心の中のどこかで、もしかしたら、って待つ気持ち、あなたに想像できる?・・・それにくらべたら、あなたの早希子さんは、どこかで必ず、生きているはずじゃありませんか。」

きびしく詰め寄られて、英介には返す言葉がなかった。雪江は口調をやわらげながら、さらに英介に、こう語ってくれたのである。

「きっと早希子さんの方でも、あなたのことを思っているわよ。ただ、今は帰れない事情があるんでしょう。待つのがいやなら、アメリカでもどこでも、迎えに行きなさい。もうどうにもならない、ってことになってからじゃあ、遅いのよ。ね。男でしょう。」

雪江の口ぶりは、まるで姉か叔母のようだった。英介が顔を上げると、雪江は静かにほほ笑んで、付け加えた。

「生きていればいいのよ。生きてさえいれば。」

雪江はそれ以上は、何も言わなかった。だが英介には、いまの雪江の言葉は、ほかならぬ雪江自身の人生そのものから紡ぎ出された言葉なのだと感じられた。年若い英介には、それ以上雪江の境遇をたずねることははばかられたが、雪江が何を自分に言いたいのかは、よくわかった。

「わかりました。ありがとうございます。僕も早希子も、生きている限りいつかはきっと、会えるはずだと思います。」

「そうよ。がんばってね。きっと早希子さんを・・・。」

雪江は言葉を切ったが、いま一度正面から英介の目を見つめた。そこには言葉より深い、慈愛のごときやさしさがあった。

英介は一礼し、そのまま店を出ようとした。するとつぜんその背中を、それまでとは打って変わってふり絞るような雪江の声が、追いかけて来た。

「ほんとうはね、私もあなたを見かけた時、あの人に・・・！」

驚いて英介がふり帰ると、雪江の双の眸がうるんでいた。が、すぐに雪江はかぶりを振りつつ、作り笑いを浮かべて言った。

「ううん、何でもないの。ごめんなさい。早希子さんと無事に会えたら、一度ここへも遊びに来てね。・・・さようなら。」

そして雪江は英介を押し出すように店の外へ送り出すと、すぐに戸を閉めてしまった。

英介はしばらく店の前にたたずんでいたが、やがてその耳に、かすかに鈴《りん》の音が聞こえてきた。店の奥にあったらしい仏壇の前で手を合わせる雪江の姿が目に浮かび、英介はふかく最敬礼をして、その場を辞した。

十七時二十分すぎ。女川駅のホームで、英介は折り返し四十三分発の小牛田《こごた》行き列車を待っていた。

雪江の店を出てから、一度駅へ戻り、時刻表を見て石巻の旅館に電話して、今夜の宿を確保したのち、ずっと女川の海辺を、歩いていたのである。

英介には、この女川が、去りがたい場所となっていた。ゆくりなくも出会い、自分と早希子のことを、聞いてくれたひと。早希子によく似た顔立ちのそのひとは、自らもつらい過去を負っていながら、自分をはげましてくれたのだ。早希子と似ている点を省いても、英介が雪江に慕情をいだくのは、当然のことだった。

夕方には店が開くだろうから、今度は客としてたずねてみようか。そんな考えも起こったが、それは雪江に迷惑でこそあれ、決して歓迎されるものではあるまい。その企みは、すぐに放念した英介だった。

しかしこの女川を去りがたい気持ちは、抑えようがない。そこで夕刻の列車の時間まで、せめても女川の海と町を、自身の旅ごころに刻みつけて行こうと決めたのである。青い海のおもてにカモメが舞い、どこまでも明るい女川の海は、英介の心を果てしない空のかなたまで、解き放ってくれるようだった。そして女川の町には、強くうつくしく、けれどかなしい一人のひとが、暮らしている。

トンネルを抜けて来たらしい、折り返し列車の汽笛が聞こえた。女川と石巻をへだてる山には、もう夕暮れの気配が忍び寄っている。英介のほかに、ホームで列車を待つ乗客の姿はない。

ほどなく列車が到着すると、英介の胸中で、はげしい感傷の嵐が渦を巻いた。昼前、自分は早希子のことだけを考えながら、この駅に来て、早希子によく似た雪江のあとを追った。おそらく自分の行動に対しては、望んだ以上の報酬が与えられたことだろう。だが結局それは、雪江を苦しめただけのことだったのではないか。雪江の言葉がよみがえる。

「生きていればいいのよ。生きてさえいれば。」

英介は、心の中で、手を合わせるばかりだった。雪江のことは、おそらくずっと、忘れることがないだろうとも思われた。

女川駅での列車の折り返し時間は、十五分あまりである。何人が乗ったのかわからぬが、車内はがらんと空いたままで、英介を一期一会の女川から連れ去る列車は発車した。

駅を出るとほどなく、線路はゆるやかにカーブして、さいぜんホームから眺めた山のふところに入ってゆく。ピーッ、と汽笛を鳴らし、列車は女川との別れをかぎるトンネルへと進入する。

英介は、じっと目をつぶった。雪江のまなざし、またほほ笑みが、まなうらに浮かぶ。

会わなければよかったのか。いや、そうではあるまい。かならず早希子をさがし出し、生きてあることの恵みを享けることで、あのひとの思いに報いることが大事なのだ。

トンネルを抜けると、やがて行く手に万石浦が見えて来た。ちょうど日が暮れようとする頃合いで、空にはオレンジ色の残照がのこっているが、水面はもうその照り返しを薄れさせており、ところどころに船のあかりが浮かんで見える。そして浦の対岸の山の端には、もうじき黄白色の月が、姿を見せるのだろう。

英介は、早希子と雪江、二人の女の俤を追っていた。一人はこれからすべてをかけて求めてゆくべき相手であり、一人はもう二度と会うことのない、人生のしるべを与えてくれたひとである。

いまのこの須臾《しゅゆ》の間にかぎって、雪江を慕う気持ちの強い自分を、英介は肯定した。雪江と出会うことがなかったら、早希子を何としてでも得ようという決意は、生まれて来なかったかも知れない。昨日までのようにただ何となく、かつての痛みを甘い感傷に置きかえて、ただ待つだけの日を送る人生になったかも知れないのだ。

英介は、自分に力を与えてくれた雪江の強さは、海に生きる人の覚悟と強さではないかと考え、そしてまた、雪江にもいつか転機のおとずれることを、願わずにいられなかった。

夏の夕暮れの万石浦は、英介の心を映すかのごとく静かだった。静かな水面のところどころに、漁船の水脈《みお》が白くあざやかな影を引いていた。

了

三・山の果てに海ありて－釜石

花巻－遠野－釜石

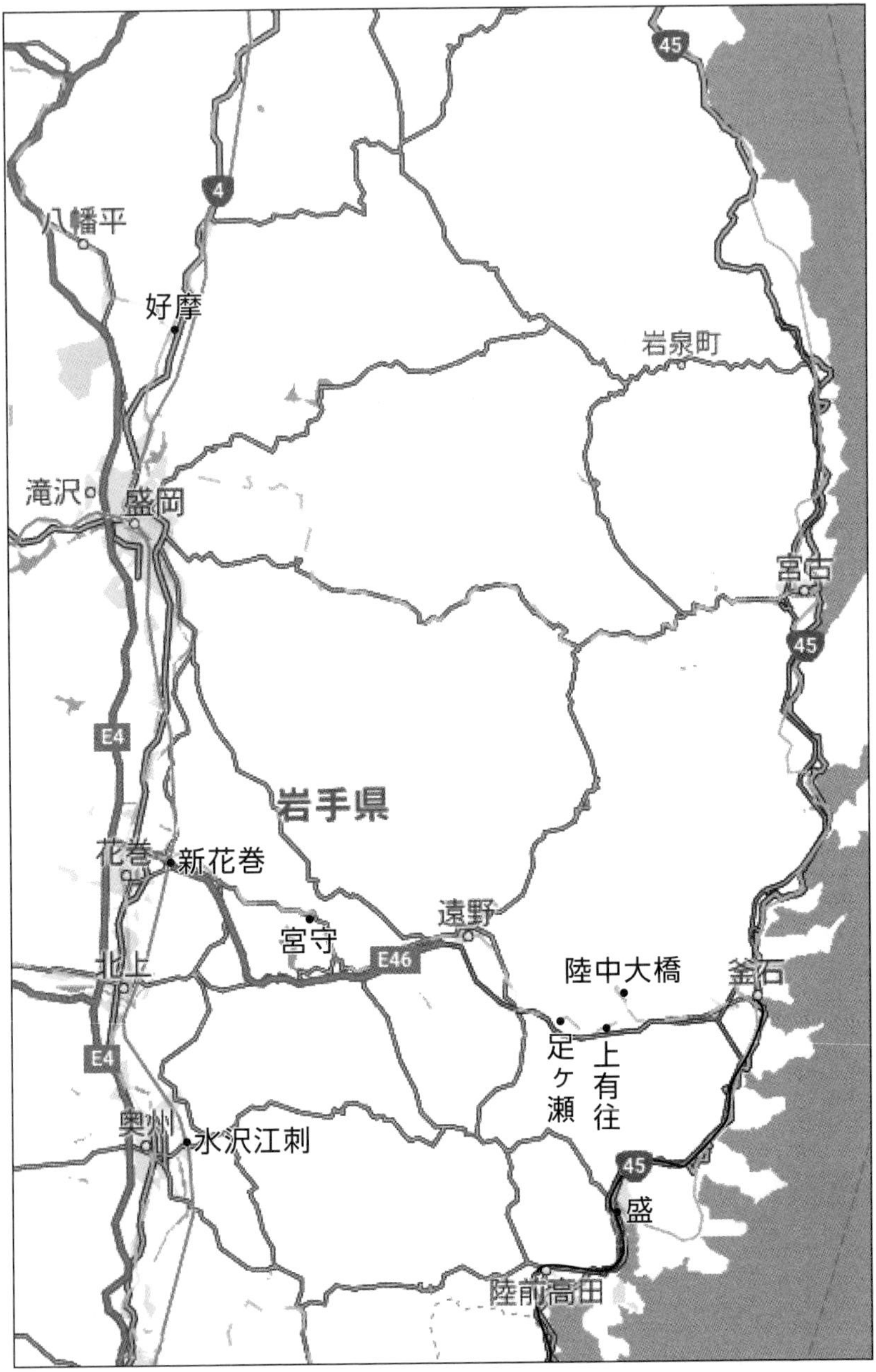

45
4
八幡平
好摩
岩泉町
滝沢
盛岡
宮古
45
E4
岩手県
花巻
新花巻
宮守
遠野
E46
北上
陸中大橋
釜石
足ヶ瀬
上有住
E4
奥州
水沢江刺
45
盛
陸前高田

山の果てに海ありて - 釜石

昭和がいよいよ六十年をかぞえた、その年の二月。英介は、花巻から釜石へ向かう釜石線のディーゼルカーの車上に、旅の身を遊ばせていた。

卒業論文を無事に提出し、教授の認めをもらったあと、いくつか残していた学科の試験も終了して、卒業を待つ身である。

卒論執筆のため、平泉を三度、同所とあわせて山寺（立石寺《りゅうしゃくじ》）を二度、さらに尾花沢と最上川を一度たずねるうち、芭蕉の歩いたみちのく南部への親しみは、英介の身ぬちに抜き去りがたいものとなっていた。卒業を控え、これまで足を運んでいない陸中海岸を見てみたいと考えて、とりあえずアルバイトで稼いだ金のつづく限り、と、思いつくまま旅程も立てずに出て来た旅なのだ。

釜石へ向かう起点となる花巻では、雪が舞っていた。いや、前日平泉を歩いたあと最初の泊地とした一関から、盛岡行きの普通電車に乗ったその時も、雪はちらついていた。はじめて奥松島や女川を訪れたおととしの夏にはまだ現存していた、仙台発青森行きの客車列車なら、この雪がもっと似合うのに、と思ったものである。

花巻では、あまり時間の余裕がなかった。宮沢賢治の故郷であること、郊外に高村光太郎が「独居自炊」した山荘があることなどは知っていたが、今回は当初から、花巻は乗り換えだけのつもりでもあった。

旅にあっては、できるだけ遠い方へ、遠い方へと身を運ぶ旅人の性質が、いつか英介にも自然なものとなっている。新幹線の新花巻駅もまもなく開業するし、春から社会人となる境遇を考えれば、交通の便の良い花巻をたずねる機会を作るのは、このあともさほどむずかしいことではないだろう。それよりも、時間に制約のない今回の旅では、釜石へ出て陸中海岸を存分に見てみたい。遠く時間のかかる地方ほど、行ける時に行くべきだ、そんなことを思いながら、雪の花巻のイメージだけを胸に刻んで、釜石線への乗り換えを急いだのである。

花巻を出てしばらくの間、列車は北上盆地ののどかな田園風景の中を走った。雪がうっすらと積もった田畑の様子は、それだけで何とはなしに賢治の農学校教員時代の姿を髣髴させた。そしてこの釜石線が銀河鉄道のモデルであったことを思ううち、英介の胸中に宮沢賢治へのあこがれも、また大きくふくらんで来たのであった。明日以降の予定は決まっていないから、どこを回っても、最後は花巻で下りてみようか。そんな企ても、いっとき英介の脳裏をかすめて行った。

ここまで来て、はじめて気づいたが、岩手には心をふるわせる文学者の息づかいが満ちている。平泉の芭蕉にはじまり、花巻では賢治と光太郎、さらに盛岡へ足を延ばせば、そこは啄木が旧制盛岡一中時代を過ごした土地である。時刻表には、彼の故郷である渋民の駅名も見える。

そして、英介がいま体をあずけているこの列車は、間もなく北上山地への上り勾配にさしかかり、あの遠野へ行くのである。

遠野物語。その言葉の韻きに衝き動かされるほどには、英介はまだそれをきちんと読みこんではいない。大学に入ってほどなく、書店で文庫本を購入したものの、その時はまだ少し難解に思えて、しばらく本棚に置きっぱなしにしていた。今度の旅に持参しようかとも思ったが、旅先で土地の本を購入することもままあるため、時刻表以外の荷物はできるだけ少なくしたい。それが旅の常である。

だから結局、旅行鞄に文庫の遠野物語を入れて来ることはなかったが、花巻へ着く少し前から、遠野は英介の気持ちの中での、釜石線のサミットのように位置づけられていた。

サミットとは、頂上を指す言葉である。鉄道線では、その線中の最高地点の意で用いられる。そしてこの釜石線には、特筆すべき「頂上」があるのだが、それとは別に、遠野という土地が欠くべからざる道標として心のうちに点じられているのである。

それにしても、鉄道線のサミット、もしくは峠に惹かれるようになったのは、いつの頃からだろう。平泉を訪れ、さらに山寺をめざす時、仙山トンネルというサミットがある。また昨年の秋には、はじめて碓氷峠の天険を越え、わずかに聞き知っていた峠越えの鉄道技術の巧みさに舌を巻いた。そのまま小諸から小淵沢まで小海線を乗り通し、国鉄全体のサミットである野辺山‐清里間の鉄道最高地点も目に収めた。

それらの難所を越える時、その道を切り開いた先人たちの奮闘に畏敬の念を覚え、心がふるえる。英介は、旅にあってそれらの事蹟に触れることに、強いあこがれを持っているのであった。

とつ追いつそのようなことを考えているうち、列車は岩根橋に到着していた。山間の小駅である。ホームは片面一線だが、側線が二本あり、駅員の姿も見える。ほとんど乗降はなかったと思われたが、発車間際になって中年の婦人が一人列車に走り込み、それを見届けると、一人だけいる駅員が、みじかく笛を吹いた。

見知らぬ土地で、そこに住む人々の生活の香り、息づかいを感じる一瞬が、英介は好きだ。それは列車交換のためのタブレットの受け渡しを目撃する時も同様だ。英介は声には出さず、心の中で一人ごちた。「うーん、いいなあ。」

やがて列車は、宮守に到着した。ここでは上下列車の行き違いがあるのではないか、と思って時刻表を見てみるが、タイミングは合っていない。窓の外に目をやると、雪は小やみになっており、山肌はところどころが白く、はだらに染められている。英介は、間もなくその最終シーンを迎える大学時代の四年間のことを思った。そこに後悔はなかったが、いわゆる青春を謳歌したというのともすこし違う自分のこれまでの歩みに、けりをつけなければならない時が来るのだろう。その時を迎えるために、自分は何をこの旅で見出すことができるのだろうか。

ふと気がつくと、列車は橋梁にさしかかっていた。宮守川らしい。幾度か鉄道雑誌で見たことがあるが、沿線の好撮影スポットとなっている橋梁だ。川を渡るＳＬ牽引列車の様子は、かなり鮮明に記憶している。が、それ以上に、この橋がけっこうな上りの勾配となっていることが感じられる。いよいよ遠野へ、そしてかつては鉄道の建設を阻んでいたというきびしい山越えへの予感に、体が引き緊まる。

そして列車は宮守川を渡り切り、以後一駅をかぞえるごとに、遠野が近づいて来る。英介は、やはり文庫の『遠野物語』を持って来るべきだったかと、ちらと後悔した。しかし昨日手に入れた宮城産の銘酒「一ノ蔵」の小瓶から、これも昨日残しておいたお茶の容器の飲み口に五勺あまりを注ぎ、ついと口へ運ぶと、この旅はこれでよし、と思いを切りかえることにした。

はじめてみちのくを訪れたおととしの夏にくらべると格段に、汽車での一人酒が板についている。そして気動車のボックス席に一人でいても、以前のようにそこに在るべき連れのいない虚しさがうすれており（それは英介の心の奥底から、決して消えるものではなかったが）、真に旅慣れた旅人の一人ごころが、すっかり自分をひたしていることを知るのだった。

列車は遠野の駅に、二分間停車した。遠野は市制を敷いているが、宮守など周辺の町村は上閉《へ》伊《い》郡、下閉伊郡であり、『遠野物語』に出て来るそのままの地名である。英介が、かの本の中でひととおり覚えているのは座敷童ぐらいだが、その座敷童ひとつをとっても、百年前にはそのような不可思議が、実際に感得されていたと言う。戦後の四十年、あるいは明治以降の近代百年あまりで、何がそれほど変わったのだろう。ディーゼルエンジンの唸りが、ひときわ高くなった。それとともに、列車の速度がかなり落ちている。

地方を旅するようになるまで、英介は、電車というものは時速九十キロ、百キロという速さで走るものだと信じていた。勾配を上る気動車では、それが二十キロ、三十キロ程度になることもあると知ったのは、九州の山岳路線に乗ってからのことだ。さらには小海線小淵沢からの大カーブでは、まさに喘ぎながら坂を上る様子を実体験し、堀辰雄が、七里岩を上って来る中央本線の列車を「攀《よ》じ登って」と表現したのもむべなるかな、と思ったものである。

いま、遠野を過ぎてけわしい上りにかかる釜石線のディーゼル列車も、まさにそのような苦闘を演じており、いつしか窓外の景色は、深い谷と、雪の傾《なだ》りに裸木があまた突き立つ冬山の景となっている。人家は見当たらない。

いよいよ、仙人越えか。英介は、体がふたたび引き緊まるのを感じた。

花巻から遠野を経て釜石へ至る釜石街道には、仙人峠という難所がある。『遠野物語』にも、「仙人峠は登り十五里降り十五里あり。」などと記されていたように記憶している。

かつて花巻から釜石をめざした岩手軽便鉄道は、いま列車が到着しようとしている足ヶ瀬駅から、現在の釜石線のルートではなく、釜石街道が仙人峠へ向かう道筋を限界まで上りつめた位置に仙人峠駅を設け、そこを終着としていた。

そして釜石からは、峠の向こうの大橋（陸中大橋）まで、釜石鉱山鉄道が達していた。仙人峠駅と陸中大橋駅は直線距離で四キロメートルほどであったが、ここにトンネルを掘削したり、スイッチバックをいくつも設けるなどして、釜石までの直通を果たすことは、一地方私鉄の手には余る事業だった。

そこで仙人峠駅と陸中大橋駅の間には索道（荷物用の、ロープウェイのようなもの）を設け、新聞や郵便などの通信媒体および各種貨物等の荷駄はこれをもって輸送、旅客は名だたる難所の仙人峠を、徒歩や駕籠で越えていたという。

やがて、岩手軽便鉄道は国鉄の買収するところとなり、三〇～四〇キロメートル北側にほぼ並行して盛岡‐宮古間を結んでいる山田線とのかね合いも含め、仙人越えが地域の喫緊の課題となった。

とはいえ、当初岩手軽便鉄道が策定した、仙人峠の下をトンネルで抜けるルートは、費用がかさむし、完成しても輸送力の面でボトルネックとなるリスクがあったのだろう。何しろスイッチバックにループ線を組み合わせ、それでも四〇パーミル（注1）の勾配が、想定されたという。あの碓氷峠が六六・七パーミル、通常の運転方式での上限は、二五パーミルだ。碓氷峠は信越本線という動脈だったから、天険を越えるために技術も資金もつぎ込むことができたのだろうが、当初は地方私鉄が主体であり、国鉄になっても幹線ではないこの地方で、天文学的な資金を要する工事は不可能だったという事情も推察できる。

結局採用された現在線のルートは、仙人峠を迂回し、トンネルで一度川すじの異なる気仙川の流域に出て、さらにトンネルを使って陸中大橋駅の上部にたどり着いてから、百八十度のUターンをするようなカーブをもって、陸中大橋駅の高さへと下ってゆくものであった。「新線」部分に設置された駅の名前は「上有住《かみありす》」といい、洞窟内の滝で知られる鍾乳洞の瀧観洞《ろうかんどう》が、すぐ近くにある。

上有住の駅は、山中にぽつんと置かれた、まことに孤独な駅だった。瀧観洞という名所が近くにあっても、それがために多くの乗降客がつめかける駅であるとも思われない。

ただ感じられるのは、このあたりの山の、奥深さだけである。しばらくゆけば太平洋岸の釜石に出る、ということは、知識としてはわかっているが、いまのこの冬山の景の中にあっては、なかなか実感しにくい。何しろ、この分水嶺を越えることは当初の計画ではかなわず、釜石線の全通にしても、戦後になってから、台風の被害で山田線が不通になったことの影響が建設促進のあと押しとなり、ようやく昭和二五年（一九五〇年）に至って果たされたものである。遠野物語の伝承さながらの不可思議が、何十年か前まで現実のものであったろうと感じて、英介はちょっとあたりを見回した。

列車は上有住を出て、長いトンネルに入った。入ってすぐ、そのトンネルが長いということがわかるのは、ある種の経験と、慣れであろう。短いトンネルは、当然行く手から日の光が見えるので、すぐにわかる。また幹線では、長いトンネルには照明がついているから、それのあるなしで、だいたいの長さがわかるのだ。だが地方の単線などの場合、照明が必ずついているとは限らないし（トンネルを歩いて通り抜ける人がいる場合でも、そのために照明がつくものでもない）、むしろないのが当たり前だと思う場合でも、何とはなしに、そのトンネルが長いのか、短いのか、わかるようになった。

これも自分が旅慣れたことの、ひとつの証だと思う。そして、時刻表や、出立前にざっと下調べをした感覚から、英介は、このトンネルこそが仙人峠越えと同じ意味を持つ、北上山地の分水嶺（サミットと言って良いだろう）を越えるトンネルなのだと直感した。

果たせるかな、山越えの勾配と相俟って、トンネルを抜けるのにはかなりの時間がかかる。勾配が下りにかかったかな、と思ってからしばらくして、ようやく行く手が白んで来た。出口である。

トンネルを出ると、線路はもはや下りをひとすじにめざしていることが、よくわかる。そしてほどなく短いトンネルが待ち受けており、列車は勾配を下りながら、短いトンネルをいくつかくぐりぬけた。

すると右手の眼下に、川のどんづまりのような土地にひらけた集落と、石炭の積み出し施設のようなもの（注2）が見え、駅も見える。山の奥の側には、長屋のような形の集合住宅が並んでいるのも見てとれた。

ああ、あそこが陸中大橋らしい。と、思う間もなく、列車はふたたびトンネルに進入した。今度はこれまでの短いトンネルと違って、さきほどの峠越えのトンネルほどではないかも知れないが、かなり長そうだ。

それにさっき見た町や駅に向かうには、方向が違うのでは、と思ういとまがあったかどうか、進路は左の方へカーブしはじめている。

英介には、その動きにぴんと来るものがあった。ループである。山岳路線では、高度差をかせぐために、直線ではなく大きな半径の曲線で二地点を結ぶ線形をとることが多い。場合によっては、それがそのままトンネルになるのである。いま陸中大橋へ下ってゆくこの第二大橋トンネルも、まさにその、きわめて雄大なループトンネルなのであった。

地図で見ると、まさにΩ(オメガ)の形どおりのカーブであるから、はじめはやや左へ、そして大きく右に回り込みながら、はっきりとした下り勾配を、列車は進んでゆく。そしてトンネルを抜け出ると、つい先ほど通りすぎて来たトンネルの前の部分の線路が、右手上方につづいている。ほどなく列車は陸中大橋駅に身を休め、「仙人越え」は無事に果たされたのである。

それにしても、蒸気機関車の時代に陸中大橋から上有住をめざす上り列車は、大変な難儀をしただろう。英介の身中を、戦慄に似たふるえともしびれともつかぬものが走った。そしてまた、軽便鉄道の仙人峠駅から索道で荷駄を運び、徒歩や駕籠で旅客が峠を越えていた時代、この大橋に下りて来た人々は解放感とともに疲れを癒し、逆に上ろうとする人はこれからの苦難に気を引き緊めたことであろう。

何となく、英介は頭を垂れる思いだった。さらにまた、ひとつの峠を越えて来た自分のいまの心境を、大学時代の終焉という、道中おぼろげに意識していた現在の境遇に、重ね合わせた。

自分の現在の境遇や思惟、それは自らが選びとって来た結果でもあるし、自己の意志では選択することのできなかった事象の帰結でもある。英介にとっては、幼なじみに近いくりから、大人としての人生をかける過程で離ればなれにならざるを得なかった早希子の存在こそが、後者に属する最大のものであった。あるいはそれを、自らの意志でつかみとる対象とするべく行動することもあったけれど、未だに果たすことはできずにいる。

仙人峠を徒歩で越えていた時代、駕籠の代金は非常に高かったばかりか、それ以上に法外な手間賃を要求する駕籠舁きがおり、不評だったという。

そのことを思い出し、英介はこんなことを考えた。自分の足で峠を越えることのできない旅人は、泣く泣く法外な手間賃を、支払ったのだろう。自分の足で、自分の力ですべてを処することができるなら、それに越したことはない。だがそれができない時期というものも、たしかに自分にはあった。これからは自ら峠を越え、己の道をしっかりと踏みしめて行かねばならぬ。そういう自分であるならば、いつか早希子と再会した時も、きっと確かな自分でいられるだろう。

無論、意志の力だけでどうすることもできない場合があることも、十分に承知している。そんな時は、これまでの旅で出会った人や、その言葉、さらには苦しい時の自分を支えてくれた先人の言葉などを、静かにかみしめてみるのも良い。

仙人越えの道中は、いつかそのような考えを、英介にまとわせていたようだ。釜石から来た行き違い列車がホームに停まり、入れかわりに、英介の乗る列車が静かに走り出す。先ほどまでのきびしい山中の眺めから、ようやく海へ向かおうとする明るい兆しが感じられ、英介は、ゆっくりと目をつぶってみた。

列車は川に沿って、一路釜石へと下ってゆく。陸中大橋で少しまとまった人数の乗車があり、駅ごとに、幾人かずつが乗って来る。

英介は陸中大橋から、鞄を網棚の上に載せ、それまで占有していたボックスシートに空きをつくった。腰を下ろすのとほとんど同時に、四、五歳くらいの男の子を連れた初老の婦人が、その子を英介の前の窓側に座らせ、自分はその隣のはす向かいに席を占めた。

「もさげねぇす。」

お辞儀をしながらそう言ったかどうか、はっきり聞き取れず、英介はただ口をもごもごさせて、辞儀だけを返した。

幼い男の子は、目をきらきらと輝かせながら、窓の外を見ている。このくらいの年ごろには、まだ早希子のことも知らなかったな、という思いがよぎり、英介は、今回の旅ではじめて言い知れぬさびしさを覚えていた。

人気のない峠を越えて来て、人里に入り、人のぬくもりに触れる。そこでかえって、胸の奥にひそめていたさびしさが増幅するとは、どういうことだろう。これが、人恋しさというものなのか。早希子に対する尽きぬ思いは、ずっと自分を縛りつづけるのであろうか。

英介の人恋しさをつのらせた二人は、釜石のひとつ手前の駅で下りて行った。婦人はその時も、英介にかるくお辞儀をし、英介も会釈を返した。ただそれだけのことだったが、英介の心中には、深い思いが残った。

間もなく釜石に着くはずだが、川沿いにわずかな平地は認められるものの、相変わらず車窓の両側とも、山が占めている。英介は、改めてここがリアス式の陸中海岸の一部であることを認識した。あの峠越えの最中、やがて海辺の町に出るはずだという実感がなかったが、終点の釜石に至るまで、すなわち海岸線まで山が迫っているのでは、無理もない。陸中大橋からは列車の足どりが軽くなったため、単純に海へ向かっているのだと思ったけれど、たしかにやって来た釜石は、海と山の町なのだった。

岩手弁の車掌の声が、終点釜石への到着を告げる。前後して英介の目にとびこんで来たのは、駅の右手の山裾を埋めつくすように建ち並ぶ、大きな工場や煙突群である。言わずと知れた、新日鉄釜石製鉄所だろう。予想はして来たが、はじめてそのさまを目のあたりにした英介は、まさに度肝を抜かれる思いだった。

なぜかと言えば、東京で生まれ育った英介にしてみれば、製鉄所や大規模な工場などは、みな東京湾の臨海部に立地しているイメージであり、このように駅の目の前、市民の生活と一体のところに、このような大規模な施設があろうとは、夢にも思わなかったためである。

列車が停止して、ホームに下り立つと、その思いは一層強くなった。視界がひらけたので、両側の山もさほど高くないものであることがわかり、また東の方は明るい空が広がっていて、今度こそ本当に、海にたどり着いたのだと感じられる。だが駅の広い構内には入れ替え用の機関車や貨車が並んでおり、さらに製鉄所から何かの運搬用と思われる設備が延びていたりして、この釜石駅と製鉄所が、切っても切れない不可分のものであることが知られるのだ。

ホームから下った通路を通って改札を出ると、目の前が製鉄所である。何年か前に一部が操業を停止したと聞いた覚えがあるが、その威容におとろえがあるとは思われないい(注3)。いや、かつては今以上に勢いがあったということなのだろう。釜石市の人口も、最盛期は今よりずっと多かったと、これも来る前に何かで目にしていたと思う。

釜石からは、国鉄山田線が海岸沿いに宮古まで北上し、盛岡へ通じている。厳密には、山田線の終点が釜石ということらしいが、釜石線に乗って来れば、ここが山田線の分岐駅という感覚だし、盛岡から花巻、釜石を経由して、宮古まで凹の字型の往復をする急行も存在する。また昨年開通したばかりの三陸鉄道南リアス線が盛《さかり》まで通じており、そこから大船渡線に乗り換えれば、大船渡や陸前高田を経て、宮城県側の気仙沼へ出ることもできる。つまりここ釜石から、出立前に英介が望んだ通り、北でも南でも、気の向くままに三陸の海辺を旅することができるのだった。

さて、北へ向かうか、南をとるか。はじめは釜石で、その選択をする心づもりだった。しかし心わびしい峠路を越えて来て、予想すらし得なかった釜石の町に圧倒された英介は、何よりもまずこの釜石を、ゆっくり歩いてみたいと感じ出していた。

釜石駅と製鉄所の間の道を左へゆくと、市街地、そして海へ出られるようだ。南リアス線の線路をくぐるとすぐに橋があり、陸中大橋からずっと沿って来た甲子川《かっし》を渡るのだが、ここで再び英介は仰天した。車が通るのは普通のコンクリート橋のようであるが、どうも歩行者は、その横にある橋上市場という商店街を、通り抜けるらしい。はじめはよくのみこめなかったが、橋の上に、魚屋をはじめ雑多な業種の小売業が、店をかまえているようだ。食堂らしい名前も見える。

学生で酒飲みの英介に、この種の市場での買い物は縁のないことだったが、見知らぬ旅先での意外な出会いという意味では、この橋上市場もまた、特筆すべき旅の記念譜のひとつだった。

そして川の向こうの商店街が、釜石の中心市街地なのだろう。町並みはすこし古びた感じがするものの、思ったよりも活気のある雰囲気である。製鉄所は昼夜の別なく操業しているのだろうから、そこで働く人たちも、交代制で町を賑わしているのだろう。

そんな製鉄所の従業員であるのかどうか、わからぬが、明らかに学生の雰囲気ではない、若い男女三人ずつのグループが、口々に何か語り合いながら、地場のデパートに入って行った。彼らには、英介がまだ持っていない落ち着きと、しっかり地についた希望や目標があるように、英介には感じられた。

ふと、卒論で、芭蕉が何のためにみちのくをめざしたかについて、独自の意見を盛りこんだことが思い出された。

「人生に偶然はあるが、必然はない。必然と思い定めるのは、個人の思惟である。だが、時に必然と考えざるを得ないできごとに行きあたるのも、また人生だろう。芭蕉はその偶然と必然の境を見きわめたくて、当時いくつかの偶然が彼を呼んでいたみちのくへ旅立った。そして表現上の必然を得て、『おくのほそ道』の名文と、「五月雨を」や「閑かさや」などの秀句を得たのである。」

この結論に関しては、教授から良い評価を得ることはできなかった。全体の評価としては「優」をもらえたが、このくだりについてだけは、教授はひと言、このように言ってくれただけだったのだ。

「長い君自身の人生で、生涯かけて、答えを見つけてごらん。」

英介は少し気負いをはぐらかされたように思ったが、深々と礼をして、教授の下を辞した。つい二週間ほど前のことだった。

あの時の教授の言葉が、鮮明によみがえる。「長い君自身の人生・・・」。たしかに、考え抜いて書いたつもりではあったが、いま思い返すと、独善的だし、結局何が偶然と必然の境なのかは、自分でもよくわかっていない。いや、おそらくそれは、生きている限り迷いつづけることであり、その時その時にどのような断を下せるか、そこにこそ、生きることの重さと面白さがあるのだろう。

そして。英介は、ぐっと唾を飲みこんだ。

早希子とのことに決着をつけぬ限り、自分には、偶然に翻弄された青春から必然をつかみとるステップへ歩をすすめることは、できないだろう。重い荷を下ろすだけでなく、それを負ったことが、つまるところ自分の人生においての必然であり、より深い「あるべき自分」を見出すための過程であったと思えるようになるならば、負ったことにもかけがえのない価値がある。早希子と再び会えるにしろ、会わぬにしろ、過去は光りある過去として、自分の人生を彩るようになるだろう。

考えながら歩くうち、いつか港の近くにまで、やって来ていた。桟橋が二本あり、魚市場も見える。釜石は鉄の町でもあるが、魚の町でもある。製鉄所に近い桟橋には大型の貨物船が停泊している一方で、魚市場の側では漁船が体を休めている。

午後の太陽は、南から西へ廻っているが、まだ傾きかけるというほどではない。冬の海だが、日ざしはおだやかで、海面も青く澄んでいる。南リアス線の列車が一本、川を渡ってトンネルの中へ消えて行った。南へ行くなら乗ろうかと思っていた列車である。入り組んだ海岸線は目標がつけにくいが、あの列車で沿岸を下って行けば、英介にとって忘れがたい女川へも、レールはつづいている。

そしてまた、ここからは見えないが、北へ向かう山田線に身をあずければ、まず宮古、そして北リアス線で久慈を通って、遠く八戸までも行くことができるのである。

この沿岸の鉄道が、旅ゆくものの遠い道を、はるかに保証してくれている。あの仙人峠を越えて来るのにも、自分自身は何の苦労をすることもなく、旅の思いに身を解き放ち、得がたい思惟を育んで来た。すべては険しい土地に鉄道を築き、守り、動かしつづけて来た先人たちのおかげである。

空は青く、ところどころに真白い雲が浮かんでいる。山と海が町を育み、鉄と魚が町を支えている、活気にあふれた釜石である。英介はこの旅で、何かをつかんだ気がしていた。釜石をめざした自分の旅の感性が、どこか芭蕉に通じるように思えてやまないのであった。

了

(注1)・・・一〇〇〇分の一をあらわす単位。パーセントの、さらに一〇分の一。一〇〇〇メートル進んで四〇メートル高度が上がる勾配を、四〇パーミルと言います。

(注2)・・・ホッパーと呼ばれる施設。実際には、鉄鉱石を主とする鉱石の搬出用。

(注3)・・・一九八〇(昭和五五)年に大形工場を休止しています。この当時は、高炉は操業中でした。

参考文献・サイト等

国鉄前線各駅停車『東北五三〇駅』(小学館)

「峠物語　仙人峠の変遷」（国土交通省　三陸国道事務所釜石維持出張所）
懐かしの釜石フォトギャラリー／フォトライブラリー心象舎
釜石・陸中大橋の往時の様子をお伝え下さっている各サイト
ウィキペディア各項目

四・春を呼ぶ風

釜石－浪板－宮古－田老

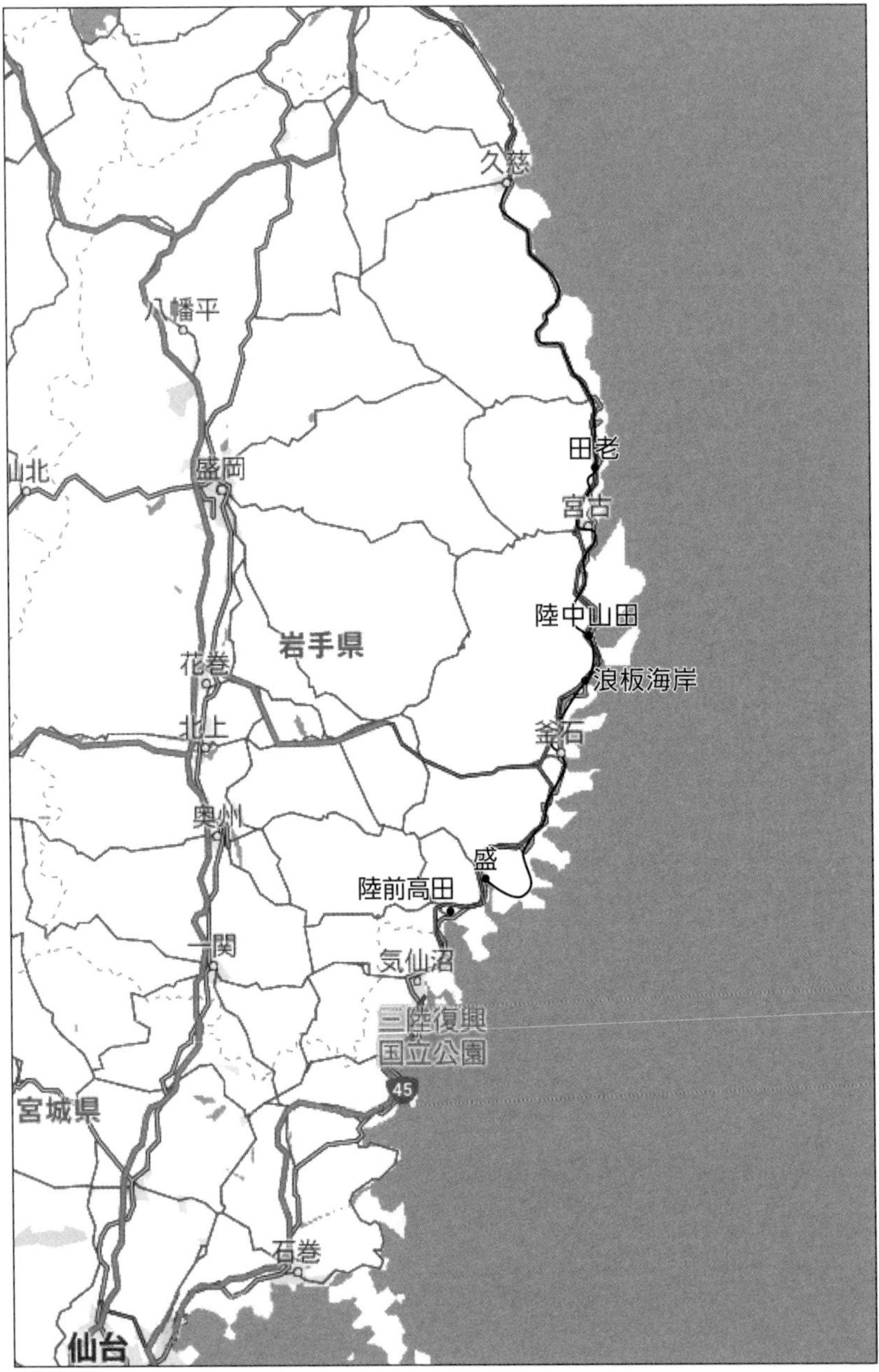
久慈
八幡平
田老
山北
盛岡
宮古
陸中山田
岩手県
花巻
浪板海岸
北上
釜石
奥州
盛
陸前高田
一関
気仙沼
三陸復興
国立公園
45
宮城県
石巻
仙台

春を呼ぶ風

ひさしぶりに、早希子の夢を見た。時計を見ると六時前だった。

枕元に、昨夜の飲み残しの酒があるのに気がついて、英介は体を起こし、まずは猪口の底に残っていたひと口、ふた口をすすった。それから銚子を振ってみると、とぷとぷと音がして、半分以上は入っているようだ。

それを猪口に注ごうとして、ふと手を止めた英介は、夢の中で見た早希子の微笑みの意味を思った。

波の音が聞こえる。昨日は車窓からこの浜辺の民宿に目を留め、思いひかれるままに次の駅で下車した。そして海沿いの道をのんびり歩きながら、時に浜へ降りて遊んだりして、頃合いを見はからってたずねたのであった。

季節はずれの、予約もしない一人客の訪問だったが、年配のあるじ夫婦は歓迎してくれた。聞けば一人娘を東京に嫁がせており、その長男が春から高校に進学するとのことで、年齢の近い英介に、初手から好感を持ったということだった。

夕飯はすすめられるままに、広い客間であるじ夫婦とともにした。酔いがすすむにつれ、地の言葉そのままとなってゆくあるじの言葉の細部には聞きなずんだが、出は関東だという女房の口添えと、意気投合した酒飲み同士の気安さで、大いにうちとけ、遅くまで飲んだのだった。

そして寝酒に部屋へもらって来た銚子二本のうちの一本が、枕元に残っていたのだ。

やや痛む頭を押さえながら記憶をたぐると、はじめは東京の高校の様子などを聞かれ、自分の高校のことや、あるじの孫が進学するという学校のある街の様子などを、知っている限り話したのだった。

だがいつもの癖で、酔いがつのると、自分の方から問わずがたりに、早希子のことを話してしまったように思う。だから早希子が、夢に現れたのだろう。

それにしても、あの微笑みは・・・。

それは別れた十七の時の俤《おもかげ》ではなく、大人びたいまの自分たちの年齢通りの相貌だった。そして見たこともない、早希子らしく涼しげな口もとにある種の艶をふくんだ、謎めいた微笑みであった。

あれはいったい、何を自分に伝えようとしているのだろう。その疑問は英介の心を大きく占めたが、それ以上に、抑えがたいなつかしさと愛しさが心の底から湧き上がっていることを、彼は自覚した。

手にした銚子の酒を猪口に注ぐと一気に呷り、また次の一杯を注ぐ。だがそこで、英介はふたたびぴたりと手を止めた。

「早希子に会いたい。会おう。」

十七の時に別れて以来はじめて生まれた、早希子への強い思いだった。

一昨年の夏、女川であの雪江に詰め寄られ、その後しばらく、英介は早希子の行方をさがしたことがあった。

それは中学時代に早希子と仲の良かった女友達への連絡にはじまり、その相手に教わった、比較的新しい早希子のアメリカの住所に、かつて破り捨てた記憶も生々しいエアメールを送るところまで、英介を動かした。

しかし、そこから先、さらに英介が具体的な行動を起こすまでには、ことは運ばなかったのである。雪江の強い後押しがあったとはいえ、英介にしてみれば天地を逆さにするほどの決意を持って書き綴り、送ったエアメールが、差出人戻しになることこそなかったが、その後しばらく待ちわびた早希子からの返事は、いつまで待っても来なかった。英介は、早希子の住所を教えてくれた女友達や、その他二、三の早希子の友人たちにはそれとなく当たってみたのだが、誰も早希子の現在に関して、確たる消息をつかんでいる者はいない。

早希子の父の勤務先にたずねるということまでは、さすがに大学生の英介にはできないし、むかし彼女から話に聞いたことのある親戚などの名前は憶えていても、所在も知らぬその人たちに、連絡の取りようがあるはずもない。

結局この段階で、英介が早希子の現在をさがす目論見は、八方塞がりとなってしまったのである。

だが、花巻から奥深い山を越えて鮮烈な印象の釜石の町と出会い、さらに三陸の海を旅して来た英介は、この旅に出るまでとは違う、覚悟とも諦念ともつかぬものが、自分に備わっているように感じていた。むろんそこには、間もなく大学を卒業し、社会人となることの自覚も、関連しているだろう。

しかし、自分に力を与えてくれているのは、海だ。この三陸の海だ。英介は、あてない旅の途上に一夜の宿りをゆるしてくれた海辺の宿で、昨夜の飲み残しの酒を飲みながら、これからの自分がなすべきことを、ひとつひとつ確認し、ひと通り得心したところで、猪口の二杯目を空にした。

カーテンを片端へ寄せ、窓を開ける。朝日が海面を、まぶしく光らせている。この海の向こうがアメリカで、早希子がいるのだ。これまでの旅と異なり、英介は本当にアメリカへ行ってまでも、きっと早希子を見つけ出そうという強い意志を抱いていた。

輝く海原は、よく見ると沖合から眼下の浜辺にかけて、大小の波のうねりが時おり日差しをあふれさせ、ざっとこぼしたり、ところどころに影を作ったりしながら、最後は白波となって押し寄せている。そのさまに見入りながら、英介は、昨夜あるじから聞いた、二十五年前のチリ地震津波のことを思った。

自分が生まれる二年前の、昭和三十五年。太平洋の対極の向こう側、地球の裏側とも言われる南米のチリで起きた地震による大津波は、一万七千キロメートルも離れた日本の沿岸に、およそ二十二時間後、巨大な力をためて到達した。近海の地震ではなかったため、津波が来ることは当初予想されず、明け方に沿岸を襲った巨大な津波は、各地に大きな被害をもたらした。津波の襲来をいちはやく感じとったのは、浜近くに住む漁師であり、気象台からの警報はなかったという。

あるじが聞かせてくれた直接の被災地の当事者の経験だから、その言葉には重みがあった。当時まだ生まれてもいない英介は、チリ地震津波という名称については、過去の大災害のひとつとして、うっすらと記憶している程度だった。それでも幼い頃、潮干狩りや海水浴などで海に行くと、津波はおそろしいと大人たちが口にしていたことは、はっきり覚えている。もちろん幼い英介に、津波の何たるかがわかるはずはない。

それは二十二歳の現在とて同じであるが、ただ、いまの彼は早希子のことを思うゆえ、海というものをおのずと大きな視点でとらえようとしているだけに、秘められた海の力への畏れのようなものは、何となく実感できる。

そして、五年前に文字通り海をわたってアメリカへ行った早希子の思いも、わずかながらに想像できるのだった。あの時、彼女はまだ見ぬ海の彼方に、大きな可能性を感じたのではないか。日本に残ることを望んだ俺のことを、見限ったのではない。それも含めて、ただそうせざるを得ない状況の中で、自分自身の勉強や将来のこと、一切を、アメリカでの新しい暮らし、もっと言えば大いなる海の裁きに、ゆだねたのではないだろうか。

こう考えて、英介は、最後の猪口一杯を飲み干した。


「まだ、おだってなあ。」

あるじ夫婦は通りまで出て、名残惜しそうに、送ってくれる。

「お世話になりました。また来させていただきます。」

英介は何度か振り返りながら、駅へと向かった。あるじ夫婦は英介の姿が見えなくなるまで、見送ってくれていた。

国道と国鉄山田線が、並行している。昨日下車したのは浪板駅で、山田線を釜石から北上して来て、大槌町に所在する最後の駅だ。

右手には、ゆるやかに湾曲した砂浜の海岸線と、松並木がつづいている。昨夜聞いた話では、夏は海水浴客でにぎわい、また冬場をのぞいて、サーファーの姿が途絶えることもないらしい。さすがに二月の海に、まだ人影はなかったが、夏場は華やかに彩られるこの美しい海岸を、春まだ遠いこんな季節に、一人で歩いているのも自分らしい。そう思って、英介は少し歩みをゆるめたのだった。

そこへ列車の汽笛が聞こえた。浪板の駅を、釜石方面へ向かう列車が、発車するらしい。英介は、腕時計の文字盤に視線を落とした。下り列車と上り列車が大槌で行き違うのだとすれば、心づもりした時間通りだ。

その時ふと英介は、かつて早希子と二人でこの時計を買いに行った日のことを思い出した。

「五年経っても、十年経っても、私たち、この時計を使っているのかしら。」

当時の英介は、高校、そして大学という青春時代を、ずっと早希子とともに歩んで行くのだと、何とはなしに思いこんでいたから、五年後や十年後などという先のことは、まったく想像もしなかった。しかし、あれから七年の歳月が過ぎ去り、あまつさえ、早希子は行方も知れなくなってしまった。

だがそれは、真の行方知れずではない。英介は、そう自分自身を戒めた。

なぜなら早希子が己の意志で消息を絶ったのではなく、はじめはわかっていた彼女のアメリカでの落ち着き先に、手紙を出さなかったのは自分だからだ。あの時手紙を出してさえいれば、早希子が自ら連絡をしなくなることは、なかっただろう。それは英介なればこそよく知るところの、義理がたい早希子の性分から、容易に想像できることである。

つまり俺は自分から、会えるとも会えないともわからない早希子を追いつづけようなどという、このようなのぞみのない境遇を、招きよせてしまったわけだ。これまでの英介なら、ここで自嘲気味に自分を茶化して、歌など歌って終るところだ。

だがいま、英介の心の底には、ふかく響いて来る二つの言葉があった。

「死んだ者は、帰らねえ。浮かばんねえ。んだげんど、生ぎ残った者にも、辛えごどいっぺえあるべなあ。」

英介と差し向かいで酒を飲みながら、民宿のあるじは、大槌町では死者は出なかったが、近在に住む身内や親しい友人知人を幾人も、チリ地震津波で失ったのだと呟いた。

「さがせばいいじゃありませんか。・・・もうどうにもならない、ってことになってからじゃあ、遅いのよ・・・。」

あの雪江の言葉は、英介の心にふかく刻まれて、早希子の消息をたずねる間、ずっと支えになっていた。そして今また、寄せては返す波のように、涼やかな中にひそかな悲しみをたたえたまなざしの印象と重なって、よみがえって来る。

エンジン音をひときわ高く響かせて、列車が通り過ぎる。昨夜の酒が過ぎたため、うっかり失念していたが、見ると三輌編成の急行用気動車で、先頭の上部には「急行」の文字が見える。「陸中2号」であろう。かってはグリーン車も連結していた優等列車で、三輌の短い編成になったとはいえ、やはり急行が堂々と通過するさまには、安心感がある。そしてこの「陸中2号」は、宮古発で、釜石からは釜石線を経由して花巻へ至り、さらに盛岡まで行くのである。

ああ、あの急行で陸中大橋から「仙人越え」をしてみたい。英介の五体に、衝動が走った。だがそれは、改めての機会を待つしかないだろう。昨日の夕方、親友の太田と連絡がつき、今夜は気仙沼で、落ち合うことになっている。だから時刻表をたよりに沿岸を北へ行けるところまで行き、午後には南下して、気仙沼をめざすのだ。

「陸中2号」が走り去るのを見送ると、英介は波打ち際まで行ってみたくなり、鞄から時刻表をとり出して、上り列車の時刻を確認した。浪板発が十時十二分だから、少しの間、波打ち際で、寄せて来る潮の先端にふれるぐらいの時間はあるだろう。浜への降り口を見つけ、英介は心もち歩みを速めた。

昨日汽車を下り、民宿をたずねてゆく時に、浜辺は十分に歩いたのだ。しかし昨日と今日とでは、この海に対する自分の思いが、まったく違うものとなっている。もう一度、じかにこの浜の砂を踏み、その水の冷たさを実感しなければ、ここを離れるわけには行かない。そんな思いが、英介をつき動かす。

太陽は、右手に突き出している岬の上までのぼっていて、そのやわらかな光の加減が、海の青さを際立たせている。英介は、浜辺に落ちていた木切れを手にとって、小走りに波打ち際まで駆け寄った。そして手にした木切れを、思い切り海に向かって放り投げた。能うかぎりの力をこめて投げたつもりが、木片は、うねりが波となって崩れはじめるあたりまですら、届かない。今度は石を投げてみたが、結果はほとんど同じだった。

英介は、空を仰いだ。青い空には雲ひとつなく、鳥影も、飛行機雲も見当たらない。ただひたすらに青い空の中へ、吸いこまれそうな気がして来る。

早希子の名を叫びたくなり、英介は、あたりを見回した。誰もいない。誰もいないその静かさが、かえって英介をためらわせ、叫ぶかわりに、目に留まった貝殻を拾い上げると、波が寄せるのを三回、四回と待ち受けて、寄せて来た水にひたし、さらして、ていねいにそれを洗う。付着していた砂がきれいに落ちると、貝殻の内側が、真珠のような輝きを放った。

そうしているうちに、英介の胸中には、不思議と澄み切った諦念のようなものが生まれて来た。すべてが自分から生じたことであるならば、その結末も、自分で書き上げるしかない。波の音がしずかに響いて、英介は、はるかな海の向こうにいる早希子も、自分と同じ思いでいるのではないかと夢想した。

波というものは、つづまりのところでは澄みとおり陽光にきらめいて、そして限界まで寄せ上げると、大きくためた息を吐くように、すーっと引いてゆく。だがやがて英介は、この浜の波が、寄せたあとほとんど引いていないことに気がついた。はじめは自分自身の気分のせいかと思ったが、これまで旅して来たどの浜辺の波の引き方とも、違っているようだ。

ふたたび英介の脳裏に、昨夜のあるじの言葉がよみがえって来た。曰く、この浪板の浜の砂地は特別で、寄せた波が粗い砂に吸われるため、引き波というものがない。だから片寄せ波と呼ばれている。

しかしそれでも、津波の時はまったく別で、あの津波は、かけがえのない多くのものを、無慈悲にさらって行った・・・。あるじはそこで杯を置き、しばらく黙りこんでしまった。

かけがえのない、多くのもの。英介はあるじの言葉を反芻した。自分には、まだそれほどに深刻な経験というものはない。ただ一つ、「かけがえのないもの」を手放したという思いはあるが、それはまだ、永遠に失われてしまったわけではない。むしろ、一昨年の野蒜にはじまり、女川、釜石、この浪板とかさねて来た旅が、また海が、とり戻すことのできるものなら、何としてでもとり戻せ、という力を、与えてくれている。浪板の民宿のあるじも、女川の雪江も、自分を孫か子、弟のように案じてくれ、力づけてくれたのである。今、自分が早希子を思う気持ちは片寄せ波のようなものかも知れないが、そこで終わるも、新たな道を切り開くかも、すべては自分の覚悟ひとつで決まることではなかろうか。

英介は伸び上がって、民宿の方を見た。そのたたずまいには、すでに特別ななつかしさが感じられる。そして大まかな方角としては、そのずっと向こうに女川が位置していて、雪江がいるはずだ。

そちらへ向かって、英介は何となく頭を下げた。それから沖合の方へ向き直り、いっとき波の彼方を眺めやると、時間をたしかめて、駅の方へときびすを返した。

上り列車の発車時刻ぎりぎりに、英介は駅へたどり着いた。だが浪板駅は片側一面ホームの無人駅であり、しかも東北ワイド周遊券で国鉄区間は乗り降り自由だから、手間どることはない。これは計算ずくだった。

ホームに出るとすぐ、川内行きの上り普通列車がやって来た。空席が多い。海側のボックスシートにゆったりと身を投げ出し、英介は時刻表をとり出した。リアス式海岸らしく、半島や小島が近づいて来る車窓の景色に目をくばりつつ、今日これからの旅程を思案する。とはいえ夕刻気仙沼着、と終りが決まっているから、選択肢は限られたものだ。

列車は二十分ほどで、陸中山田に到着する。ここは山田線の線名のもととなっている重要な駅であるが、あとの時間が決まっていなければともかく、今回の旅では今日足を伸ばした先が北限となるわけだから、まだもう少し、未知の海辺を遠くへ、北へと行ってみたい。

宮古で下車すると、浄土ヶ浜へ行ける。これはぜひ、たずねてみたい場所である。だが気仙沼へ行くことを考えると、どれほど宮古滞在の時間がとれるだろう。次々にページを繰って、太田との約束の時間までに気仙沼へ行ける乗り継ぎ時刻を、逆算してみる。すると、ちょうど十八時に気仙沼へ着く大船渡線の列車があり、そのために盛へ十六時三十六分着の南リアス線、だから釜石へは山田線で宮古を十四時十四分発の・・・と決めてゆく。

結局、宮古で三時間前後の間に浄土ヶ浜へ行ってみるか、宮古から北リアス線に乗り継いで、どこか気に入った場所で下車して引き返すか、そのどちらかに、策は絞られた。あとは宮古に着くまでの思惟と、実際に宮古駅で下りた時の気分が、決めてくれるだろう。行ってみないとわからない部分も、旅にあっては大きいものだ。

浪板を出てほどなく線路は上りにかかり、やがてトンネルをいくつか抜けた。それからしばらく、海は右手下方に見えかくれし、再び近づいて来ていたが、次に停まった岩手船越駅は、はっきりした内陸駅のおもむきだった。三陸ではもうかなりなじんだ感のある、半島の付け根部分の横断のようだ。そして岩手船越を発車すると、次は織笠、つづいて陸中山田に停まります、と車掌が告げた。そのアナウンスの「陸中山田」という名を聞いた途端、瞬間的に英介の心中に、「あ、下りたい」という衝動が走った。旅の途上の、名状しがたいインスピレーションである。

山田の町に、特に知った謂れがあるわけではない。つい先刻まで、今日は見送ろうと考えていた駅でもある。しかし格別の理由がなくとも、強く心をひかれる土地というものが、必ずある。昨日の浪板につづき、あるいは陸中山田もまた、そうした土地の一つとなるのだろうか。

ここで英介は、湧き上がった衝動のまま陸中山田で下車することに、決めはしなかった。宮古での二者択一のプランに、いま一つの候補として陸中山田下車の選択肢を加え、その場所への到着を待つことにしたのである。

これはいつからか、英介における旅の手法の一つであった。やむを得ぬ条件がある時は別として、今回のようにあてなく歩くことができる場合、いくつか方途を立てておき、最後は実地での判断で、動くのである。

間もなく砂浜の海岸線があらわれる。かなり広がりのある湾の、最奥部のようだ。山田湾であろう。そして織笠に停車すると、次がいよいよ陸中山田である。

英介は、建設を進めながら逐次開業してきた山田線の、歴史を思った。盛岡から海沿いの宮古へ出て、さらに一時は県下第二の都市であった釜石までの沿岸を結ぶ山田線にも、途中釜石線の仙人峠（注1）と同じく、区界峠《くざかい》という、険しい峠がある。江戸期までは、徒歩や馬で越えるしかなかった北上山地を、明治以降は全国津々浦々にまで浸透した鉄道敷設の熱情と、軍事・産業両面からの輸送力の確保、増強の要請のもと、当初の終点である陸中山田へ達したのが、昭和十年だったという。そして昭和十四年に釜石まで延伸され、全線開業が果たされたが、戦後の二十年代には、台風の被害により長く不通となってしまい、そのため釜石線の建設が急がれた。そんなあらましを、平泉を幾度もたずねながらさらに三陸の海辺に思いをはせるうち、折にふれて見聞して来たのである。

そうした意味では、釜石や陸中山田、宮古という山田線の主要駅は、英介にとっておのずからなる道標だったと言えるかも知れない。昨年開業した三陸鉄道南リアス線、北リアス線への関心とあわせて、遠くめざして来た歌枕のごときもの、と言えばよかろうか。芭蕉の『おくのほそ道』になぞらえれば、さしずめ「末の松山」あたりだろう。

こう考えたのち、英介は陸中山田到着を堪能した。想像した通り、町の規模は大きくないが、二面三線のしっかりした駅で、一時的にせよ、ここが終着駅だった名残のようなものを感じさせる。港までは、いくらか距離があるようだ。かつては上野直通の長い編成の急行が発着した長いホームにのんびり停車している感覚が、何か途方もなくなつかしい。

不思議なことだが、英介は、この陸中山田駅が気に入って、そのためかえって下車する気持ちが失せてしまった。ゆったりとつつんでくれるような駅の雰囲気に身をゆだね、またゆっくりと発車してゆく汽車旅の醍醐味を味わうことを、優先したのである。

停車時間があれば、駅の検分をかねてビールを買いに行くところだが、列車の行き違いもなく、余裕はなさそうだ。せめても町の空気を吸いたいと考え、窓を開けると、やはり潮の香りがする。英介は、大きく息を吸いこんだ。それとともに、下閉伊郡山田町と国鉄陸中山田駅という場所が、英介の心にふかく刻みこまれた。

陸中山田を出ると、線路は海岸線と別れて内陸部へ入って行く。とはいえ宮古から盛岡への本格的な北上山地越えではなく、ここもまた半島の付け根の横断である。ただ同じように付け根と言っても、この半島は規模が大きく、南北にもかなり距離のあるらしいことが、時刻表の索引地図からもうかがえる。

眺めがやや単調になったためか、今朝がた考えていた早希子のことが、ふたたび頭の中を占め出した。四月から会社勤めがはじまるから、そうしたら早希子をさがす作業はしばらくできなくなるだろう。卒業まであまり日もないし、何かと忙しいが、入社前にできることは、しておかなければならない。今度は早希子を、見つけられるだろうか。

何気なく、英介は腕時計に手をやった。そして思った。自分は今も、この時計を愛用している。はたして早希子は、みずからが口にした言葉の通り、あの同じ色の時計をまだ使っているだろうか。いやそれ以前に、あの言葉とて、覚えているのか、どうか。

だがしかし、それは問うまい。生きて再会できさえすれば、それでいいのだ。列車がレールの継ぎ目を越えるリズムが、ガタンタタン、と腹に響く。規則正しいその繰り返しが、英介の臍《ほぞ》を固めてくれるようだ。トンネルをいくつか抜け、山あいから海岸近くの開けた平地に出て人家も増えて、轍を踏むことなおしばらく。陸中山田を出て約四十分、閉伊川の橋梁をわたってすぐ、ようやく列車は、宮古駅に到着した。

木の壁の跨線橋が、味わい深い。ここでは浄土ヶ浜へ行くか、北リアス線でさらに北をめざすのか、選ぶはずだった。だが駅の位置は思ったよりもずいぶん内陸側にある。これではやはり、浄土ヶ浜へはバスで行くしかなさそうだ。

一方北リアス線は、三十分とすこし時間があるから、多少なりとも宮古の町を検分して、乗り継ぐのにちょうどよい。それに陸中山田で、「先へ行こう」と決めた時から、行けるところまで行きたいという思いが、強くなっていた。だから考えて決めるというよりも、列車が構内に進入して、停車しようというあたりから、すでに結論は出ていたようなものであった。

北リアス線には国鉄との直通もあるが、今度の列車は宮古始発だ。はじめて訪れる駅では、かならずその全容と町の様子とを見て歩くことにしているから、英介は迷わず一度国鉄の改札を抜け、駅前へ歩みをすすめた。ぶらぶらと歩いてみるのに良さそうな町並みだが、海岸までは、かなり距離がありそうだ。港や浄土ヶ浜めぐりなどはまたの機会と割り切って、駅の周辺だけをざっと見ることとした。浄土ヶ浜には、いつか早希子と二人で行くことがあるだろうか。そんな思いが、かすかに胸をよぎった。

缶ビールとつまみ、少々のパンなどを買いととのえて、北リアス線の改札を抜け、列車に乗りこむ。昨年開業したばかりの三陸鉄道は、施設も車輌もすべてが新しく、心地よい。周遊券と別に切符を買うことへの抵抗がないばかりか、第三セクターによって国鉄の未成線を開通させた上に特定地方交通線（注2）を引き受けて、南リアス線とともに三陸縦貫鉄道を完成させた意義の大きい路線だから、鉄道好きの立場でなくとも応援したくなるのは当然だ。

三たび時刻表をひらき、このあとの時刻を確認する。宮古の発車が十一時四十一分。国鉄宮古線の終点だった田老発が十二時一分で、十二時四十六分に、普代という駅で、久慈から来る上り列車と行き違いをするようだ。

この普代での行き違いが、夜までに気仙沼へ行くリミットであることは、先ほど調べておいた。汽車に乗り通しのつもりだから、ビールとあわせて軽い昼食ていどの買い出しをして来たわけである。

だが間もなく開業一年を迎える北リアス線は、やはり相応の利用者があり、車内は満席というほどではないが、ボックスシートを一人で占有できるわけでもない。英介のはす向かいにも、旅行者らしい中年の男が一人座ったので、英介は缶ビールだけをとり出して、今朝浪板の宿を出てから最初のひと口を、流しこんだ。えも言われぬ快感が、五臓にしみわたる。

ほぼ時を同じくして出発した列車は、しばらく山田線の線路に沿ってすすんでゆく。やがて少しずつ上る形で山田線から離れはじめ、高度をかせぎながら右へ大きくカーブすると、すぐ最初のトンネルに進入した。田老までは新線ではないが、昨年の開業前後、ニュースや鉄道雑誌などで、三陸鉄道はトンネルと橋が多いと、しきりに伝えられていたことを思い出す。

はす向かいに座った男は、がっしりしたカメラバッグを持っている。英介は旅に出て、記録らしいものをほとんど残していないことに、気がついた。気が向いて持ち帰った切符や宿のパンフレット、あとはたまに見学した施設の資料ぐらいは、整理もせず机の引き出しにためてあるが、それだけである。

そう言えば、早希子の写真一枚すらも、英介は持っていない。早希子の兄の俊夫はカメラをよく持ち歩いていたから、いつだったか早希子と二人の写真を撮ってくれたことがあり、後日早希子から、焼き増しを兄に頼もうか、と聞かれたことがあったのだが、照れが先に立って、断った。あれが唯一、早希子の写真を手にする機会だったのだ。

早希子との別れは、当時の自分にしてみれば唐突なものだったし、彼女の写真を手許に置いておきたいなどと思ったことは、一度もなかった。これまでは、むしろそれが当然だと思っていたのだ。

だが今、自分の持ち物の中で早希子とのつながりのあるものが腕時計一つきりであることが、英介は不満だった。さびしくもあった。

列車は長いトンネルを抜けると一つ目の駅に停まり、すぐまたトンネルに入った。聞きしにまさるトンネルの多さ、そして長さに、うなずけるものがある。車窓の眺めは、両側とも深い山中のそれである。何となく、今の自分の心境に似ているかなと、英介は苦笑する思いだった。

さて、このまま普代まで、行ったものか。あまりに露骨な折り返し乗車は、東京などでは咎められるが、ここは観光路線でもあるし、車内で運賃精算するのだから、その点は、別に問題ないだろう。

だが、こちらの下り列車が着いた時、上り列車がドアを開けて待っていてくれるかどうか、それはわからない。時刻表には、双方の発車時刻が書かれているだけである。もしも普代で置いて行かれてしまったら、気仙沼はおろか大船渡でさえ、夜までにたどり着けるかどうかわからないのだ。一つ手前の田野畑あたりで、余裕を持って上り列車を待つ方が、良いのではないだろうか。

列車はまた長いトンネルを抜けて、二つ目の駅を過ぎていた。そして今度は短いトンネルをいくつも抜け、川を渡って、もう一つトンネルをくぐる。さらにまた川を渡った先が、田老の駅だった。英介は、ここなら海が見えるかな、と思って顔を上げ、海の方に目を向けて、その刹那に大きく息を飲んだ。堤防が見える。その堤防が、ごく普通の堤防でないことが、瞬時に英介の魂をつかんだのである。

次の瞬間、英介は相席の男に会釈して、鞄をかかえて列車を下りた。あの堤防を、この町を見てゆこう。今日の北リアス線での行動の終幕は、こうしてたちどころに決したのだった。

駅の案内をたよりに町なかへ歩き、それから堤防に向かってみると、めざす対象は、直感的にとらえたその大きさの予測をはるかに上回る巨大さで、迫って来る。電柱などには、過去の大津波の達した水位の高さが、随所に示されていて、防災への備えが幾重にも施されている。そして英介は、自分の目を釘づけにしたあの堤防は、明治三陸地震、昭和三陸地震の大津波によって壊滅的な被害を受けたこの田老が、津波から町を守るために、何十年もの歳月をかけて築き上げた大防潮堤なのだと知ったのである。

英介は、しばらく町をめぐってから、大防潮堤に上ってみた。高い。十メートルの高さと聞いて来たが、町の側を見やると、もっと高さがあるように思われる。英介は、しばらく町と海、そして町の背後に迫る山の様子とを見くらべていたが、いつか自然と両手を合わせ、頭を垂れている自分に気がついた。

昭和三十五年のチリ地震津波の際は、昭和三陸津波のあとから建設された大防潮堤の効果もあって、被害は出さずにすんだという。だが昭和三陸、明治三陸の両地震による津波では、町のすべてが失われるほどの被害を受け、多くの人が亡くなった。そのことを思い、おのずと合掌していたのだろう。

そして、昨夜浪板の宿のあるじにチリ地震津波の話を聞いていなければ、列車が田老駅に着いた時点で、防潮堤に目を留めることもなかったかも知れないし、まして田老で下車して、ここをたずねて来ることもなかっただろう。

英介は、海の側に向き直ると、はるかなアメリカの方角を望んだ。
・・・早希子。かならず迎えに行く。待っていてくれ・・・。
今度こそ、英介はそれができると確信したし、何があってもやりとげなければならないと、強い覚悟を抱いていた。

その裏づけとして、英介は、今日ここまで歩いて来た旅の蓄積が、たしかに自分に、ある自信を与えてくれていることを、実感しているのであった。

渡米する早希子を引きとめられなかったのは、お互いの年若さと、自分にいくらかの勇気がなかっただけのことにすぎない。それは何より、自分自身の弱さによるものである。

しかし人は、成長する。変わることができる。また、人間の知恵と勇気は、以前は不可能だった多くのことを、可能にして来た。花巻と釜石を鉄道が結び、長く隔てられていた大船渡(注3)と釜石、宮古と久慈も、三陸鉄道によって結ばれて、長年の悲願であった鉄道による三陸縦貫も、果たされた。この田老の大防潮堤が町を守っているのも、人智と技術を、長年にわたって注ぎこんで来た賜物である。

もちろん自然の猛威は、人間の営みをやすやすと圧してしまうことがある。自然の力の前に人為が無力だということを、常に忘れてはならない。理屈として知っていたそのことは、浪板のあるじの言葉によって、痛切に英介の記憶に射こまれたように思われる。

　こうした経験と思惟の蓄積が、自分を強くしてくれたのだと、英介は思った。どうにもならないこと、それは雪江の言葉だったが、少なくとも自分にとって早希子のことは、どうにもならないことではない。人間の為すことの中でも、自分一人の身の処し方でいかようにもできることなのだ。

　むろん早希子に会えたとして、自分の思いを受け入れてくれるかどうかは、彼女次第である。だが、それは問題ではない。自分がすべてを懸けるからこそ、相手にも、答えを求めることができるのだ。浪板のあるじと雪江の声が、重なって聞こえて来る。

　そして海の彼方に、夢で見た早希子の微笑みが、すこし晴れやかさを加えて、浮かんで見えるような気がした。波とともに寄せる風が、はじめて春のにおいを運んで来た。

了

（注1）・・・釜石線の区間で長く花巻側と釜石側を隔てていたのは仙人峠ですが、実際の釜石線のルートは土倉峠の南側を、土倉トンネルで抜けています。本作では、その歴史に鑑み、釜石線の北上山地越えを広い意味で「仙人越え」とさせていただいています。
（注2）・・・「特定地方交通線」は、昭和五五（一九八〇）年十二月に制定された「日本

国有鉄道経営再建促進特別措置法」によって、廃止（バスまたは第三セクターに転換）が妥当とされた旧国鉄の赤字路線を指します。三陸鉄道では、北リアス線に久慈線（久慈‐普代）と宮古線（宮古‐田老）を、南リアス線に盛線（盛‐吉浜）を、それぞれ含みます。
（注3）・・・南リアス線の起点盛《さかり》駅は、大船渡市盛町に所在しています。

参考文献・サイト等

国鉄全線各駅停車②『東北五三〇駅』（編集委員／宮脇俊三　原田勝正　小学館）
鉄道ピクトリアル　一九八九年六月号
JR山田線【前面展望】　作者　Super Dragooon
ほか、浪板・陸中山田・宮古・田老などの様子を伝えて下さっている各サイト
ウィキペディア　各項目

五．真直ぐなる意志

釜石－陸前高田－気仙沼・唐桑半島

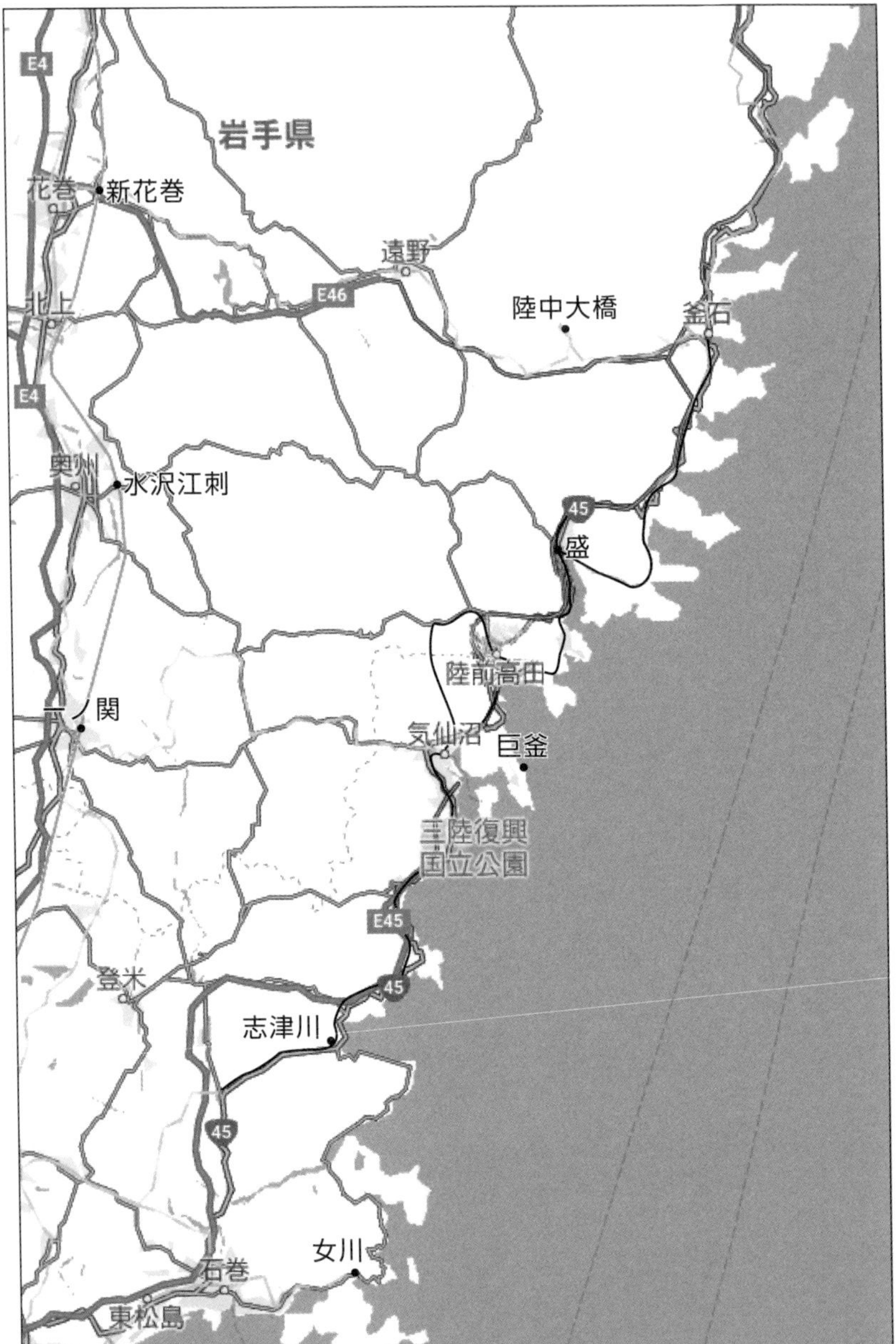

E4
岩手県
花巻
新花巻
遠野
E46
北上
陸中大橋
釜石
E4
奥州
水沢江刺
45
盛
陸前高田
一ノ関
気仙沼
巨釜
三陸復興
国立公園
E45
登米
45
志津川
45
女川
石巻
東松島

真直ぐなる意志

三陸鉄道南リアス線、盛《さかり》行きの列車が、釜石駅を発車する。見覚えのある橋上市場、そして市街地の向こうに遠望される港の様子と、反対側の新日鉄釜石製鉄所の姿とを、英介はこもごも見くらべた。釜石製鉄所は、二年前と変わらぬ威容で、釜石のシンボルとして鎮座している。

昨年結婚した親友太田の気仙沼の新居を、はじめて訪ねる。たまたま折り合った太田の都合と、正月休みを返上して働いた代休をふくめ連続一週間の休日は、久しぶりにのんびりとしたみちのくへの旅を、英介に選ばせた。

国鉄、すなわち日本国有鉄道が、この三月一杯でその歴史にピリオドを打って、貨物を含めて全国七社に分割され、民営化される。民営化後は、「ＪＲ」となるそうだ。

英介は、むろん国鉄職員でも、直接関係のある仕事に就いているわけでもないが、中央線の沿線で生まれ育ち、ずっと旅の身をあずけて来た国鉄の終焉に、言い知れぬさびしさを感じていた。そして移行する「ＪＲ」という名称には、まだ親しみを持てずにいた。二年ぶりのみちのくへの長い旅は、物心ついてからずっと慣れ親しんだ国鉄への、惜別の旅でもあった。

二年前と同じく、上有住《かみありす》から陸中大橋にかけての「仙人越え」の山中は、雪が山肌をはだらに染めていた。ただ今回は、あの時ちらと思った通り、新花巻で新幹線を下り、そして当時から気になっていた急行「陸中3号」を使って、釜石までやって来た。社会に出てほぼ二年、ようやく訪れた身めぐりの変化の兆しとともに、往時とはだいぶ異なる現実的なことどもが、英介の想念を占めている。気仙沼で太田と会って酒を酌むうち、それらは一気にほとばしり出るだろう。いろいろな考えを引き出し、まとめるため、そして久しぶりの旅でふたたび仙人越えを果たしたくて、気仙沼へ直通する一関からの大船渡線や、仙台もしくは古川から乗り継いでゆく気仙沼線ではなく、花巻から釜石を経由するまわり道を、あえて選択したのであった。

そしてこの南リアス線も、二度目である。三陸沿岸を田老まで北上した前回は、夕刻気仙沼へ着くように、ぎりぎりの接続で南下して行った。盛からの大船渡線では、途中で夕暮れ時の高田松原を遠望して、つよく心をひかれた。そこで今回は、気仙沼へ行く前に、少しく高田松原を歩いてみたい。それもまた釜石回りを選んだ動機だったし、いまは高田松原へ、高田松原へ、という思いが、英介の旅ごころを急がせているのだった。

釜石線の急行「陸中3号」は、南リアス線の列車とほぼ同時に、もと来た方向へ、ただし線路は違う山田線へと、発車して行った。釜石駅のすこし手前で、北側から山田線が合流して、二本の線路は並行して釜石駅に入っているのだ。釜石線と山田線を直通する列車は、並行区間を行ったり来たりすることになる。そしてその反対側へ、南リアス線の線路が延びている。発車時刻は、どちらも十三時六分だった。

釜石を出た列車は、しばらく甲子川《かっし》と右になり、左になりして進行し、やがて甲子川を左手の河口の方へと見送ると、トンネルに入ってゆく。海とトンネル、これはこの三陸沿岸の鉄道と、切っても切り離すことのできない組み合わせである。とりわけこの三陸鉄道は、海岸沿いにレールを這わせるような昔ながらの造り方ではなく、最短距離をトンネルと鉄橋で結んで行くため、一本一本のトンネルが長く、数も多いのだ。それは北リアス線も、南リアス線も同様である。

釜石から一つ目の駅、平田《へいた》へ向かうこのトンネルも、相当長い。もっとも仙人越えで幾多のトンネルを経《へ》抜《ぬ》けて来た今の心境では、トンネルはむしろ親しみ深いものと感じられる。

長いトンネル。それは早希子と別れてからの自身の長い青春時代そのものであるかも知れないと、英介は思った。早希子がアメリカへ行ってから、高校、大学の五年あまりは、ずいぶん狭い世界で生きていたように、今の彼には思われる。そして出口は、時おりいくつか近づいて来たようにも感じられたが、まだまだ先の長いトンネルが、つづいているようでもある。

会社での毎日は、多忙をきわめてはいるものの充実している。人づきあいもずいぶんと増え、たまに大学以前の友人、知人と会ったりすると、社交的になったとか、如才なくなったなどと言われることもある。英介自身、そうした自覚を持っていて、そのような指摘を受けることに、悪い気はしない。だがトンネルをはっきり抜け出たとまでは、言いきれぬものがある。

南リアス線の列車はトンネルを出て、平田の駅に停車した。釜石方面をふり返ると、集落の向こうに入り江が見え、その左手の岬の上に、白い立像がみとめられる。釜石大観音だろうか。遠く太平洋を見渡して立つ、白い観音。思えば三陸へ来るたびに、英介は大洋の彼方を見やり、早希子のことを思って来た。今日、ここであの大観音に出会ったことは、どのような展開を、自分にもたらすのであろう。

英介は、運にも偶然にも祈ることのない自己の性分を、それがいつからのものだったかと、己の胸に問うてみた。答えはわかっているようでもあるし、そうでないとも言えそうだ。しかしそろそろ、ここまで行きなずんで来た自らの行く末にも、ひとつの決まりをつけなければならない。その背を押してくれるものとして、きりぎしの上に立つ白亜の立像、釜石大観音は、力を与えてくれそうに思われた。

南リアス線の列車は、釜石から四十数分で、終点の盛に到着する。路線としては起点が盛であり、三陸鉄道の開業までは、先ほど通って来た吉浜を終点とする、盛線だった。三年前、南リアス線、北リアス線の同時開業により、南三陸から北三陸までの沿岸を結ぶ三陸縦貫鉄道が、ようやく完成したのである。それは三陸沿岸に住む人々の、悲願であったと聞く。

そして盛では、国鉄大船渡線に乗り継ぎとなる。南東から回り込んで来た南リアス線と北上して来た大船渡線が、同じ向きで、盛川のひらいたあまり広くない土地にすべりこんでゆく、終着駅である。ただ途中から沿って来た岩手開発鉄道が、内陸部に向かって足をのばしている。二線が合流する終着駅から、別の会社線が延びているという構造は、南リアス線の位置づけが微妙なものではあるが、ちょっと釜石に似ていると、英介は思った（注1）。やはりリアス式海岸である三陸ならではの、地形にしたがった成り立ちなのだろう。

盛からの大船渡線は、国鉄の気動車だ。仕事で小海線に乗ることもあるから、気動車自体はさほど珍しいわけではないが、やはり海辺を走る気動車には、心やすらぐものを覚える。思えばいくたび、この三陸の国鉄の気動車に乗ったことだろう。なつかしい人たちの顔も浮かんで来る。

なつかしいと言えば、太田もそうだ。昨年のちょうど今ごろ、仙台まで、大学卒業後はじめて彼の結婚の祝いのために足を運んだ。大勢の出席者の中の一人だから、ゆっくり話をすることなど、もちろんできなかった。今日は久しぶりに、つもる話に興じることが出来るだろう。

そしてまた二年前、釜石から浪板、田老へと旅したあの時まで、英介が眺める海のおもて、あるいはそのはたてには、去って行った早希子の俤《おもかげ》ばかりがうつっていた。

それは今でも、決して変わってはいないのだが、これまでと違うのは、二か月ほど前に早希子から手紙が来て、彼女が永遠に去って行った人物ではなくなっている点に、きわめて大きな変化がある。今年の夏前にも、早希子は一度、日本へ帰って来るという。その時どのような再会をするかということが、今の英介にとってもっとも重要な問題なのである。

早希子からの手紙には、こんなことが書かれていた。

「何度かお手紙をいただいたのに、お返事も出さずに、ごめんなさい。ほんとうは、最初のお手紙をいただいて、すぐにも返事を書こうと思いました。いいえ、もっと正直な気持ちを言うならば、すぐにもあなたに会いたかった。

でも、今のわたしは、あなたと同じ未来を夢見ていたわたしではありません。それどころか、あなたに会う資格さえ、ないのかも知れない・・・。

だから、手紙をいただいてうれしかったのに、返事が書けませんでした。ゆるして下さい。東京では、わたしの家のことについてよくない噂があると教えてくれた人もあったから、このままもう、わたしはあなたの人生から、まったくの過去の思い出になってしまったほうがいいのではないかと、考えたりもしました。

でも、わたしの左の手首には、いつかあなたと二人で買いに行ったあの時計が、今でも変わらない時を刻んでいます。それだけが、苦しい時のささえだったこともありました。

すこし遠回りをしましたが、来年の夏、やっと大学を卒業します。それからこちらで暮らすのか、それとも日本へ帰るのか、まだわたしは決めかねています・・・。

わがままなお願いですけれど、いちど、会ってくれませんか。あなたに会って、わたしは日本で生きるべきか、それともこのまま、アメリカにとどまるのか、真剣に考えてみたいと思うのです。今までずっと失礼ばかりして、勝手なことだとわかっていますが、わたしは今だからこそ、ほんとうの自分を見つめてみたいのです。

そして、何よりも、あなたに会いたい。たとえあなたがゆるしてくれなくても、ひと目だけでも。

早希子」

英介さま

早希子の手紙を取り出して読むうちに、列車は海岸に沿って走っていた。下船渡から、細浦にかけてのようだ。海を見て、英介は早希子の顔を思い浮かべた。二年前、三年前の学生時代なら、早希子から手紙が来たことだけで有頂天になったろうが、社会人になって人生の重さも責任も知るようになった英介には、軽率に喜ぶことはできなかった。文面も、無邪気に帰国を知らせるだけのものではないし、ともかく早希子に会ってみないことには、自分が何をどう判断すればいいのか、見当もつかないのである。

もちろん、早希子が手紙に書いているのと同じように、英介もまた無性に彼女に会いたかった。その気持ちにいつわりがない以上、ともかくまずは会おう。会って早希子のこれまでのことと、まっすぐ向き合おう。そう心を決めて、早希子に返事を出したのは、まもなく年が改まろうとする頃だった。

早希子のことを考えながら車窓の景色を眺めていると、短いトンネルがあり、線路はふたたび小さな半島の付け根を、横切りはじめたようだった。英介は、ちょっとまわりの様子を見わたしてから、トイレに立った。前回、車窓から眺めただけできわめて鮮烈な印象を残している高田松原まで、もうほどない頃だとわかったためである。

ボックスシートの窓側の席に戻ると、車窓の行く手には、山の稜線が見え、その手前に横たわる青い内海の気配が、感じられるところだった。ああ、間違いない。英介の脳裏には、二年前にはじめてここでめぐり会った、うつくしい松原のイメージが、実景に先立って浮かんで来た。

あの時は夕暮れが間近だった。静かな、わびしい海辺の車窓と思いこんでいた英介の目に、山の稜線と白波の寄せる海岸線との間《あい》をいろどる、緑濃い松並木が、強烈な存在感をもってとびこんで来たのである。それが高田松原だった。

あらかじめ知識を持たず、三陸はただ急峻な山塊が直接海に落ちこんでいるものだとばかり考えていた英介に、高田松原の存在は衝撃的だった。あのような松原が、しかもあのような方角に見えるのか。のちに、日本百景のひとつにも数えられている高田松原と知り、大船渡線からの眺望にも合点が行ったが、気仙沼へ行く時間が決まっていたため、その風光を心におさめて、そのまま先を急いだのだった。

今日はそこを歩くことが目的のひとつだから、気仙沼で太田と落ち合う前に、ひと列車、二時間分の空白を作ってある。いつもの通り、駅へ下りてからの道順などは下調べしていないが、二時間あれば問題ないだろう。前回の経験から、それだけの見通しはついていた。

車窓には、海が見えかくれしはじめた。そして見定める方角に、あの印象的な松原が、うつくしい姿をあらわした。英介は、ひとつ大きく伸びをして、これから二時間の逍遥のために息をととのえた。

列車は陸前高田のひとつ手前、脇ノ沢という駅に停車して、すぐまた発車した。海を見ながら少しゆくと、線路が右にカーブして、海は視界から消えた。が、今度は海ではなく陸の側から、高田松原が見えているらしい。間もなく到着、のアナウンスがあり、列車がどんどん減速して、はるばるめざして来た陸前高田駅が、英介を迎えてくれた。

駅の造りは跨線橋がなく、構内踏切で線路を横切る、対向式二面二線の構造だ。上りが二番線で、線路を渡った一番線の側に、改札と駅舎がある。駅舎はずいぶん、古いもののようである。開通、開業が昭和初期だから、その時に建てられたものかも知れない。

英介と一緒に下車したのは、十数人ほどだった。みな地元の人らしく、高田松原をめざして来たのは、英介一人だけのようである。松原への行き方を、改札で駅員に一応確かめて、ゆったりしたスペースの駅前広場に出る。タクシーのほか、車が数台停まっている。

そして前方へまっすぐ延びている道が、市街地への道なのだろう。釜石や気仙沼とくらべると、静かな田園の町、といったおもむきである。この駅と町のたたずまいは、ふたたび英介の心を深くとらえた。

列車に乗ってやって来た盛の方向へ、できるだけ線路に近い道をたどりながら、歩いてみる。右手前方には、松原が見えている。盛寄りに四、五百メートル歩いたところに踏切があり、そこで線路を海の側へ渡ると、高田松原はもうすぐだ。

英介は、心もち駆け足気味に、松原への道を急いだ。波の音が聞こえる。道の流れに導かれるますますすんでゆくと、また英介を驚かせる、未知の土地とのめぐり合いが待っていた。実際に松が植えられている樹林帯の手前には、内水面がある。古川沼というらしい。そのほとりを今度はしばらく西側へ歩いて行き、川のように狭くなったところの橋を渡って、ようやく松原に、たどり着いたのだ。

英介は、松原の中に入るとすぐ、時間を確かめた。駅を出てから、二十分ほど経過している。だが、これなら時間的には問題ない。今度は少しのんびりと、波の音が間近にせまった、浜辺をめざした。ウミネコが啼いている。松林を抜け出た英介の目の前に、青い海が広がった。今回の旅で、はじめてじかに海のにおいに触れ、風に吹かれる。何となく、砂浜に体を投げ出したいような気分になる。だがそこでふたたび気がついて、英介は左手の腕時計に目をやった。今度は時間を見るためではない。うすいブルーの文字盤に視線を落とすと、早希子の手紙の言葉が思い出され、また彼女の顔が見えるようだ。

「でも、わたしの左の手首には、いつかあなたと二人で買いに行ったあの時計が、今でも変わらない時を刻んでいます。それだけが、苦しい時のささえだったこともありました。」

自分の前に、海は果てしなく広く、青い。しかしこれまでと異なり、早希子は今、ぐっと近づいて来ているのだ。

何を迷うことがあるのか。そんな言葉も浮かんだが、過去の懊悩が深すぎたためか、それとも年齢のせいなのか、やはりただ単純に、無邪気な昂揚にひたることはできない。だが英介には、自分の早希子への思いが、少なくとも一途なゆるぎないものであることは、確信できた。江戸時代に人の力で大変な苦難の末に築き上げられ、明治三陸津波、昭和三陸津波、チリ地震津波の際にも高田の市街地を守ったというこの高田松原の大きな力に、自分と早希子も見守られているのではないかと、そんなことを考えた（注2）。

陸前高田から気仙沼まで、大船渡線は内陸部を通っている。はじめ陸前高田からは大きなカーブを二度描き、しばらく西側の内陸へ進んだあと、やや南東寄りに向きを変えて、南下してゆくようだ。どこかで海が見えるのかと思っていたが、日が落ちて視界が暗いこの時間では、まるで深い山の中を走っているように感じられる。次が気仙沼だという鹿折唐桑《ししおりからくわ》の駅に着いても、その感覚は変わらない。駅名は、前に来たときは鹿折だったはずだが、ここも観光客誘致のために改称したのだろうか。

十七時五十七分、列車は定刻通り気仙沼に到着した。跨線橋をわたって駅舎に向かうと、駅舎とつながった片側ホームの一番線に、気仙沼線の列車が停まっている。二年前にも見た覚えがあり、今朝早くに上野駅を出てから長い旅をして来た英介を、やさしく迎えてくれる眺めである。

改札口を出たところに、太田がのっそりと立っていた。車で迎えに来てくれたのだ。

「本当は、気仙沼線で少し乗って来てもらった方が近いんだが、まあ遠来のお客だからな。」

「遠来も遠来、花巻から釜石を回って、さっき高田松原を歩いて来たよ。」

「そう言やあそんなこと言ってたな。まあ車はそこだ。乗った乗った。」

決まりきった挨拶よりもこうした直截的なやりとりにすぐ入れるのが、学生時代の感覚をそのまま残している間柄の、頼もしいところだ。

「ところで何か、大きな展開があったそうだが、どんなあんばいだ。」

車を走らせながら、太田は問うて来た。英介は、すぐさますべてを話そうかと思ったが、喉元まで出かかった言葉を押しとどめ、とりつくろう。

「いや、まあ酒が入ってから、ぼちぼち話そうや。もっとも俺は、もう少々飲んで来たけどな。」

T字路の信号でちょうど止まっていたから、太田はちょっと英介の方に顔を向けたが、すぐ前方に視線を戻し、アクセルを踏んだ。信号が青に変わったのだ。緑色の信号灯が、夜の闇に映えている。

「まあ、夜は長いしな。のんびり聞くとするか。」

「ああ、頼むよ。だがまだ早希子とは会ってもいないし、はっきりした展開とか、進展とか、そこまでのものはないんだよ。」

「まあいいさ。ところで酒を一本、買って行こうか。どっちがいい？」

「うん。やはり海辺で飲むんだからな。浦霞がいいかな。どっちもあるのかい。」

どっちもあるのか、と聞いたのは、学生時代、太田にすすめられて彼の下宿でよく飲んだのが、いま英介が名を挙げた塩竈の酒「浦霞」と、太田の郷里にも近い東北本線の松山町に蔵元のある「一ノ蔵」だったことによる。太田は飄々と言った。

「じゃあそうするか。実はな、『一ノ蔵』の方は、この間もらったいいやつが、一本そっくりうちにあるんだ。」

「なんだ、最初からそう言ってくれればいいじゃないか。」

「しかしだな、どうせ一本じゃあ足るまいよ。それなら一本は、お客に選ばせてやろうというわけだ。」

「ふむ、なるほど。それはまあ、ありがとう。」

太田は車を、一軒の酒屋の駐車場に入れた。南気仙沼駅と港が近いらしく、かなり活気のある町中だ。

「ここではよく買うのかい。」

「まあ、たまにな。生徒の伯父さんの店だから、何かあると顔を出すんだ。」

太田は気仙沼市内の高校の教師をしている。運動部の部長の仕事がけっこう骨だ、とは電話で何度か聞いていたが、店主とのやりとりを聞くともなく聞いていると、すっかりこの気仙沼の町になじんでおり、生徒たちからも慕われているらしい様子が、よくわかる。英介は何かほっとして、太田がこの町にとけこんでいることを、自分のことのようにうれしく感じた。

それから十分ほどで、二人は太田の家に着いた。たしかに、気仙沼線の陸前階上《りくぜんはしかみ》駅がもっとも近い、岩井崎近くの高台の家だった。

「おおい、お客さんだぞお。」

玄関で太田が呼ぶと、奥から太田の妻の由紀子が、しずかに現れた。太田と由紀子は東京の学生時代からのつき合いだから、英介も旧知の仲である。

「こんばんは。お邪魔しますよ。」

「お久しぶりです。結婚式のときはありがとうございました。」

親友夫婦が幸福そうな家庭を築いている家に遊びに来て、英介はちょっと複雑な気持ちだった。むしろ早希子からの手紙が来ていない頃の方が、単純に楽しく過ごせるのではなかったか。もちろん率直な思いとしては、自分も早希子とこのような幸福な所帯を持ちたいのである。しかし、まだそのように事態が進行するとは限らない。

気仙沼の魚介と由紀子の手作りの料理を肴に、英介と太田はしたたかに飲み、酔いが回るほどに、二年ぶりに差し向かいで飲んでいること、太田の所帯に邪魔していることなどのこもごもや、近況なども語り合い、やがて話題は、英介が持参してきた早希子からの手紙の方へとうつって行った。英介は、ほかの者が相手なら、たとえ機会があるとしても、かいつまんで内容を話す程度だろうと思ったが、相手が太田であるゆえに、細かい注釈など添えず、早希子の手紙そのままを、太田に読んでもらおうと思った。

ひととおり手紙を読み終え、それから幾度か主要なところを読み返したり、英介の表情に視線を走らせたりした上で、太田は静かに言った。

「この、彼女が書いてる、資格がないっていうのは、どういうことなんだ？」

英介は胸を衝かれる思いだったが、つとめてさりげなく答えた。

「さて、俺もこの手紙以外何も受け取ってないからな、詳しくはわからない。まあ察するに、向こうで誰か、好きな男ができたか、何なのか、ともかく俺たちが中学、高校と、ずっとお互いをよく知っていた、あのころのままの彼女ではないんだって、そういうことだろうな。」

太田は少しの間、何も言わずに、煙草をふかした。それから、少しずつ言葉を選ぶようにして、英介に問いかけた。

「それで、今の彼女が、これまでずっとお前が思っていたような彼女じゃないとして、今度会った時に、お前はどうするつもりなんだ。」

英介は、しばらくだまって、窓の外の海を見つめた。漁火の出る季節ではないのだが、いくつか赤や緑の船の灯りが、遠くに見えている。

「なあ、太田。ひとを愛する、って、どういうことなんだろう。」

英介は、太田の顔を見た。太田は何も言わずに、一升瓶をかたむけてよこした。英介も、何も言わずにその酌を受けた。英介がその盃を飲み干すと、太田は言った。

「お前、あれだけ昔、早希子さんのことを心配していただろう。その彼女が、お前に会いたいと言って来たんだ。お前も会おうとは、思っているんだろ。あとはお前の、覚悟ひとつじゃないのか。」

英介は、今度は手酌で冷や酒を盃に注ぎ、飲み干した。

「それはわかっているつもりだ。だが、俺が今まで生きて来た時間と、早希子の生きて来た人生とが、あまりに違いすぎたら、そもそも俺たちは、会わない方がいいような、そんな気もするんだ。早希子も言ってる通り、ずっと、昔の思い出のままの方が、いいのかも知れない、なんてな。」

英介は、早希子の手紙を受けとってから、はじめて本音をさらしていた。それは自分でも、これまではっきりと意識したことのない考えだった。

二か月前、一人暮らしのアパートに帰ると、郵便受けに手紙が入っていた。それがエアメールであることを認めた瞬間、英介の胸は高鳴った。そして差出人が早希子だと確認した刹那《せつな》の彼の心は、早希子が渡米した時の、十七歳の少年の心そのものだった。

部屋に入って、灯りをつけ封を切るのももどかしく、英介は早希子の手紙をむさぼり読んだ。意識の下で何とはなしにおそれていた、結婚するとか、アメリカに永住するなどという内容でないこと、また来年日本に帰って来て、しかも自分に会いたいと訴えていることを合わせ読んだその晩は、長年のさびしさや苦しみが、すっかりほどけてゆくように思われた。一人で飲む寝酒のビールを、早希子と二人で飲んでいるような気さえ、したのである。

しかし翌日から、手紙を読み返し、通勤の満員電車の車中などでいろいろ考えてみると、早希子の真意がどこにあるのかわからず、少なくともそれは、十代から二十代の学生時代に自分が待ち焦がれていた早希子の帰国とは、違うものであるのだろうということが、容易に推察された。早希子自身が手紙の中で、むかしの自分ではないと、打ち明けているのである。それがどのようなことを指しているのかということも、もちろん気になったが、さらに英介を慎重にさせたのは、早希子が帰国し、自分と会うことで、早希子自身の将来の道筋を決めようとしているらしく思えることだった。

長いこと英介は、早希子がアメリカに渡ったあの時、日本に残るよう強くすすめるべきだったと思って来た。しかしそれから七年の歳月を経て、現実に早希子が日本へ来ることとなり、しかも自分と会うことが彼女の今後を左右するのだとなれば、話はそれほど単純ではない。手紙の文面にある通り、早希子が大学を卒業して、それから日本で暮らすことに決めるのなら、そこで自分の存在が、彼女にとって大きなものとなるのだろう。手紙はそのように読めるのだ。

だが、自分もあれから七年以上も、ずっと早希子のことを思って来たとはいえ、みずからむかしとは違うと表明する早希子と自分とが、思いをひとつに重ねられるだろうか。それが何となく、不安だったのだ。

英介は、太田の方へと視線を上げた。太田も黙っている。そこへ由紀子が、追加の肴を手にして戻って来て、太田の方を半分見ながら、遠慮がちに口を出した。

「あたしが口をはさんで、いいかしら。英介さんにこうした方がいい、なんて言えないけど、早希子さんの気持ちは、わかるような気がするわ。」

その刹那、英介ははじかれたように、また太田はゆっくりと、由紀子の顔を見た。

「あら、ごめんなさい。あたし、早希子さんのこと、何も知らないのに。」

由紀子はばつの悪そうな顔をして、台所に戻ろうとしかけた。それを鋭い言葉で制したのは、英介だった。

「いや、そんなことはない。何か気がつくことがあったら、教えて下さい。」

英介の表情を見て、由紀子は立ち上がりかけた膝を下ろした。そして少しずつ、話しはじめた。

「うまく言えなかったら、すみません。あたしも女だから、思うんですけど、その早希子さんが、英介さんのことを、真剣に思ってなかったら、手紙にそんなことは書かないと思うの。自分が変わってしまった、という、そのことよ。もしもあたしが、早希子さんの立場だったとしたら、よほど真剣に相手のことを思っていなければ、そんなこと言わないと思います。だって、自分と同じように相手のことも大事だと思うから、自分にとって不利になるかもしれないことを、自分から言うんでしょ。違うかしら。」

英介は、そう言った由紀子の顔をまじまじと見つめた。横から太田が言い添えた。

「うん、まあだいたいのとこは、俺もそう思うね。もちろんな、女は怖い、なんていう話もあるにはあるが、さっき読ませてもらった手紙からしても、お前が昔からよく話してた彼女の性格からしても、正直に今の自分のことを伝えようとしてるんじゃないのかな。」

英介は、太田と由紀子の顔を見くらべた。そこにはただ自分のことを案じてくれている、親友とその妻の顔があった。ほどなく英介は、波の音がかすかに聞こえる太田の家の二階の部屋で、他愛ない眠りのうちに夢をむすんだ。


翌日は快晴だった。前夜のうちに、三人で唐桑半島へドライブに行くことが決まっていた。太田たちには、気仙沼大島へ船で渡るというプランもあったようだが、英介が、かねてから一度行ってみたいと思っていた唐桑を、希望したのである。

唐桑半島には、巨釜《おがま》・半造という景勝地があり、それぞれに、折石《おれいし》、トンネル岩という巨石、奇岩があることを、前回の三陸の旅で、英介は知ったのである。あるいは太田に、聞かされたのかも知れない。当時は大学卒業を目前に控えていたから、二人で痛飲し、二人とも朝起きた時は記憶がなかったのだ。

海辺の奇観と言えば、太田の住まいの近くには、岩井崎がある。海蝕された岩穴から潮が噴き上げる「潮吹き岩」で知られているが、ここは前回たずねたので、唐桑から戻って時間があれば行こう、ということになっていた。

　太田の運転で、車は気仙沼市街へ向かう。昨日と逆のコースである。

「こうしてみると、お前、ずいぶん遠いところを迎えに来てくれたんだな。」

「まあ、ざっと十キロってとこだな。」

「そいつはすまん。」

　英介は、内心由紀子に、昨夜の早希子についての助言の礼も言いたかったのだが、改まって切り出すこともはばかられ、朝食の時から歯切れが悪かった。そもそも、早希子が帰国して再会しても、そのあとどうなるかわからないのに、礼など言うのも変だろうかと、そんなことも気になった。早希子と会って、それから真に喜ぶべき展開がのぞめるなら、その時礼を言えばいいか。そんな考えも頭をよぎった。

　気仙沼線の列車が、国道の車列の流れよりはやや速いスピードで、気仙沼方向へ走ってゆく。今度は外側から海と気動車の取り合わせを眺め、やはりいいものだと、英介は思った。はじめて奥松島をたずねてから、まもなく四年ほどになるが、早希子のいないさびしさを、遠くアメリカとつながっていることを感じさせるこのみちのくの海が、どれほどなぐさめてくれたことだろう。そして間もなく、自分は早希子と再会する。ここまで早希子を待つことができたのも、やはりみちのくの海のおかげかも知れない。山とひとつづきのものであるそこには、英介をゆったりつつんでくれる大らかさがあり、また人がいた。さらには海辺をつなぐ鉄道が、英介の思惟をはぐくみ、心をゆたかにしてくれた。気仙沼行きの三輌編成の列車を見送りながら、英介の心中には、仙石線や石巻線を含め、三陸の海辺の鉄道に対する限りない感謝の思いが湧いていた。

気仙沼の市街地を抜け、車は唐桑町に入った。気仙沼市そのものが、宮城県の北東部、ほとんど岩手県に食い込んだような位置にあるが、唐桑町はさらにその東側の最果てに、独自の町域を占めている（注3）。この、ひそかに自分の訪問を待っていてくれたかと思われる、唐桑の海と町の息づかいに触れて、英介は自分の心境がどんどん研ぎ澄まされてゆくような気がしていた。

唐桑半島は小さな半島だが、起伏に富んでいて、入り組んだ海岸線にごく狭い、しずかな浜辺がかくれていたりする。そして随所に、壮麗に瓦を葺いた見事な家屋敷が見受けられる。そのことを太田に問うと、即座に簡潔明瞭な答えが返って来た。

「ありゃあな、唐桑御殿っていうんだ。鬼瓦も見事だろう。長いこと漁に出る海の男たちの、心意気を表しているそうだ。」

海に生きる男たち。その言葉は、英介がこれまでこの三陸の海で出会った忘れがたい人たちの顔と言葉を思い出させるものだった。

車はやがて、内海の側から太平洋側へ出た。半造の駐車場に車を止め、三人でまずトンネル岩をめざして歩き出す。遊歩道に入って唐桑の土を踏みしめると、英介の身ぬちにはしずかに力が湧いて来るようだった。午前の光が、春の近いことを告げている。ほどなく眼前に広がった青い海は、まさしくアメリカに、そして早希子に直結している太平洋だった。

早希子に会いたい。その思いは、ずっと英介にとって、手の届かぬあこがれのごときものであったが、今は違う。もうすぐ早希子に会える。その確信にもとづいて、素直に会いたいと思えるのだ。

英介は、昨夜と異なり、時々太田が由紀子をかばうようにして歩いてゆくうしろ姿を、心底好ましい、親しいものと感じていた。由紀子の言葉ゆえに迷いが消えたことも、もちろん手伝ってはいるだろう。だがそれ以上に、ひと組の男女がむつまじく過ごしていることに、近しい親しみを覚えるのであった。

ほどなく太田が、大きな声を上げながら英介を手招きした。

「おおい、あれがトンネル岩だ。」

英介は小走りに、指をさしている太田の方へと駆け寄った。トンネル岩とはどのようなものかと思って来てみたが、なるほどその名の通り、大きな岩の根かたが浸食されて洞窟のようになっており、海水が出たり入ったりしている。根かたの浸食は激しく、全体的に不安定なのではないかと思えるほど、上部にくらべてぎゅうっと絞りこまれたような形になっている。上部は上部で、まるで峻険な山脈のように、ぎざぎざに研がれている。そして松か何かの木が肩のあたりに生えているさまは、長い年月の風雪と波浪に耐えて来たことを思わせ、まさに奇観そのものと言うべき姿なのだった。

「すごいな、いいものを見せてもらったよ。」

英介は、傍らにいる太田に言った。すると太田はにやりと一笑し、ちょっと由紀子の方に顔を向けながら、こう言った。

「なあに、まだまだこれからだよ。折石を見てみるさ。」

そして太田は、由紀子を促して駐車場の方へ戻ろうとする。ここで英介は、はたと閃くものがあり、勢いこんで太田に告げた。

「なあおい、俺はこのまま折石まで、歩いて行ってみたい。」

なぜだかわからないが、突然そうしたいという衝動が、突き上げて来たのであった。太田は驚いて英介の顔を見たが、すぐに英介の胸中を察したらしく、自分たちは車を巨釜の駐車場に移動させるから、好きなように歩くがいいと言ってくれた。

英介は一人になって、もう一度海の彼方を見やった。足もとの崖下では、波しぶきが砕け散っている。その白い水沫《みなわ》をきわだたせる海の色は、かぎりなく青い。その青い海が、そのままアメリカへ、早希子のもとへとつながっているのである。そして英介のまなうらには、早希子のまっすぐなまなざしが浮かんで見えた。早希子のまぼろしを追うようだった自分の旅にも、ようやく終りが近づいているのだと実感した。

それから、折石へ向かう遊歩道を、英介は歩き出した。踏みしめる一歩ずつが、たしかに何かをつかんでいる。半造から巨釜までは、さほどの距離はないように思われたが、いざ歩き出してみると、意外に遠い。だがこれまでの長い道のりを負っている英介には、その遠さも、道の高低も、何ほどのものとも思われなかった。左手の腕時計が、三十分あまりも時を刻んだだろうか。太田と由紀子は、巨釜の駐車場に出るあたりで、待っていてくれた。半造のトンネル岩へは、太田が先導する格好だったが、彼は今度は英介を前に立てて、海ぎしへの道を急がせた。

ほどなく英介の眼前に、先ほど半造からも見えていた折石が、白く屹立した姿をあらわした。やはり荒岩に波しぶきの砕ける海面付近から、すっくとそびえ立つ折石の姿に、英介は言葉を失い、呆然と立ちつくした。しばらくそうしていた。

ゆるぎない意志を見せつけるかのようなその姿は、かつてアメリカへ行くことを決めた時の、早希子を思わせた。早希子は周囲の者たちにこまごまとした気づかいなど見せる繊細さの一方、自分自身のことについては、容易に初志をひるがえすことのない、強い意志を持つ女である。その彼女が、大学を卒業するにあたって日本へ帰国するか、アメリカにとどまるかの選択をするために、会いたいと言って来た。そのこと自体が、ちょっと英介には意外だったし、さらによく考えてみると、おそらく向こうで、深く傷つくことなどもあったのだろう。

今度は自分が、この折石のように強い心を、持たなければならない。どれほどに荒い波が打ち寄せようとも、決してゆらぐことのない強い決意を、早希子のために、そして自分自身のために、かならず打ち立てよう。

英介は、太田と由紀子をふり返った。二人は何も言わずに、英介を見つめている。英介は、言葉を発するかわりに、力強くあごを引き、笑って見せた。太田がうなずき、由紀子はしずかに、笑みを返した。

波の砕ける音にまじって、海鳥の声が聞こえている。唐桑の海は、すべてをつつんで、青くうつくしく照りかがやいていた。そして英介の心の中にも、希望と呼んでいいであろうひとつの光が、はっきりともされているのであった。

了

（注1）・・・釜石駅へは、当時国鉄の山田線、釜石線の二線が並行して入って行き、その先へ第三セクターの三陸鉄道南リアス線が延びています。いっぽう盛駅では、大船渡線と、三陸鉄道開業前は国鉄盛線であった南リアス線が合流し、その奥へ岩手開発鉄道が延びているという構造です。岩手開発鉄道も、当時はまだ旅客営業をしていました。

（注2）・・・高田松原、陸前高田市が東日本大震災で受けた被害は、周知の通りです。高田松原の描写については各種Ｗｅｂサイトのほか、(有)高田活版発行の『高田松原ものがたり－消えた高田松原－』を参照しましたが、同書においては、消えた松原を取り戻そうと活動されている方々のことが、紹介されています。

私はかつて一度だけ、気仙沼へ向かう大船渡線の車窓から高田松原を遠望しましたが、そのうつくしい光景は、ずっと印象に残っていました。平成二三年三月一一日から一二日にかけて、ニュースで陸前高田の被害が伝えられた時、高田松原のすがたが鮮明にまならに浮かびました。微力ながら、あの松原を忘れず、能うならば高田松原再生のための、わずかな力になりたいと考えて、本作で往時の高田松原を描かせていただきました。

（注3）・・・当時。唐桑町は平成一八（二〇〇六）年に「平成の大合併」で気仙沼市と合併し、現在は気仙沼市の一部となっています。私は平成一〇（一九九八）年、歌集『奇魂・

碧魂』の刊行時に、旧唐桑町役場から、「唐桑半島」のパンフレットを送っていただきました。唐桑地区も東日本大震災で甚大な被害を受けたと聞きますが、この場をもって改めて、犠牲となられた方々のご冥福をお祈りし、また私自身も心を洗われるような思いをさせてもらった唐桑の地、そしてそこに住む方々に、おだやかな毎日がとり戻されることを、切に願うものであります。

参考文献・サイト等

『高田松原ものがたり - 消えた高田松原 - 』（有）高田活版
『からくわ廻道』『唐桑半島観光ガイド』旧唐桑町・唐桑町観光振興協会
国鉄全線各駅停車②『東北五三〇駅』（編集委員／宮脇俊三　原田勝正　小学館）
鉄道ピクトリアル　一九八九年六月号
JR山田線【前面展望】　作者　Ｓｕｐｅｒ　Ｄｒａｇｏｏｏｎ
ほか、高田松原・陸前高田市・陸前高田駅・気仙沼・唐桑などの様子を伝えて下さっている各サイト
ウィキペディア　各項目

六．志津川の海

仙台－小牛田－前谷地－志津川

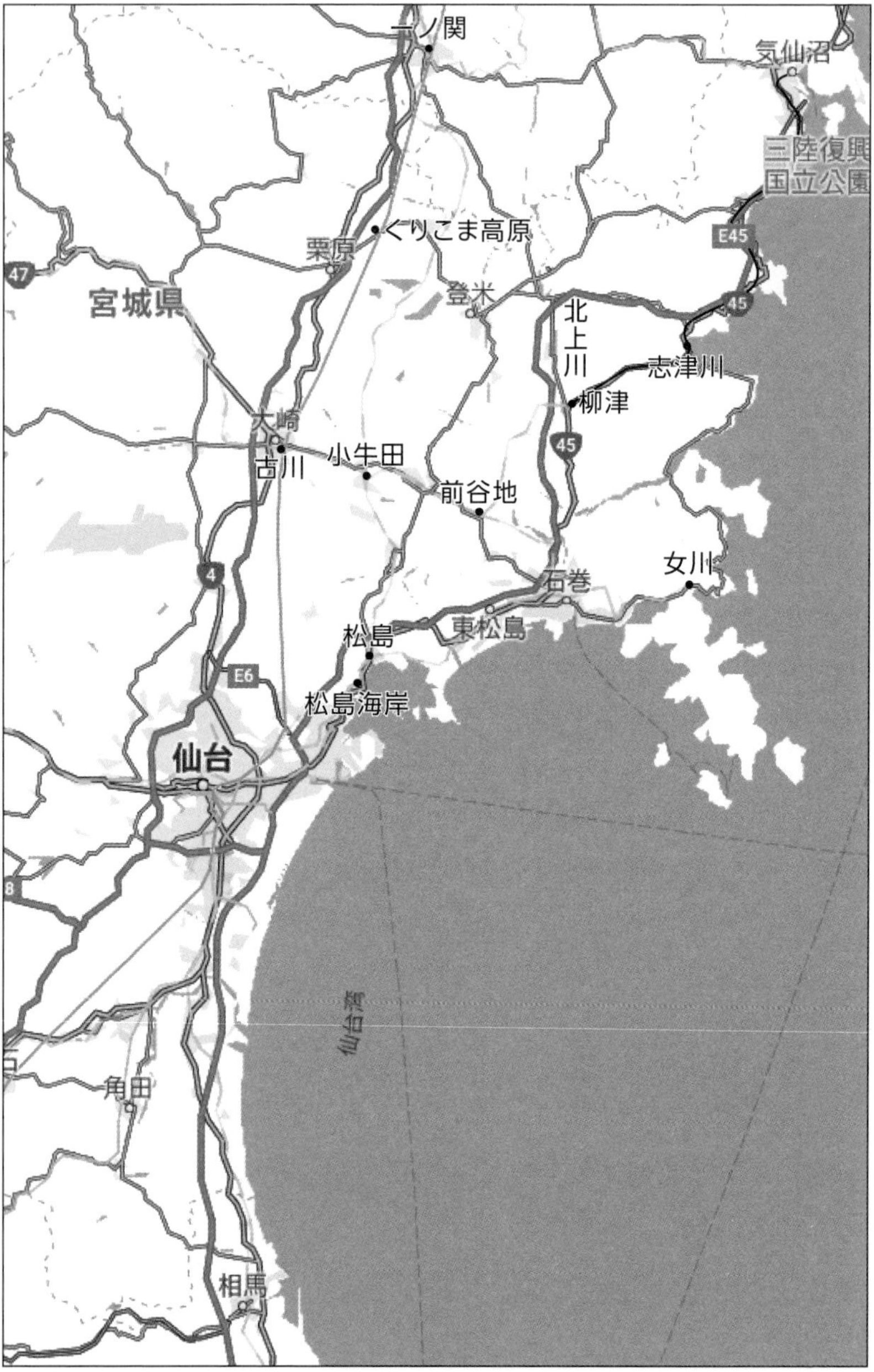

一ノ関
気仙沼
三陸復興
国立公園
くりこま高原
栗原
E45
47
宮城県
登米
45
北
上
川
志津川
柳津
大崎
古川
小牛田
45
前谷地
女川
4
石巻
松島
東松島
E6
松島海岸
仙台
仙台湾
角田
相馬

志津川の海

上野駅から二時間弱の間を快走して来た東北新幹線『やまびこ11号』が、まもなく仙台駅に到着する。英介は、隣りの席でうたた寝している早希子の肩に手をかけようとして、思いとどまり、そっと立ち上がると、網棚から二つの鞄を、しずかに下ろした。その気配で気づいた早希子が、小さくつぶやく。

「あ、ごめんなさい。いつの間にか、眠ってしまったみたい。」

英介は、ちょっと早希子を見下ろすような格好で、笑いながら言った。

「いいんだよ。昨日成田に着いて、それから横浜のおばさんのところ、それで今朝この時間じゃ、大変だっただろう。うちに泊まればよかったのに。」

早希子の帰国を喜ぶ英介の父も、母も、早希子が来るなら遠慮はいらない、ゆっくりしてもらえばいいと、言ってくれた。そのことは、帰国前の早希子への電話でも伝えたし、成田で出迎えた時にもすぐ、申し出たのだが、早希子はともかく、今夜は伯母の家に行くと言って、聞かなかった。英介は、すこし気負いをはぐらかされるように感じながらも、それを早希子らしいと思い、上野で食事したあと秋葉原まで車中をともにして、そのまま横浜へ向かう彼女を、見送ったのである。

そして今朝、ふたたび上野駅で落ち合った英介と早希子は、すこしぎこちない笑みを交わしながら、「おはよう」と言い、盛岡行きの『やまびこ11号』の二人掛けの席に、身をあずけた。学生時代に深く親しんだ沿線のあれこれを早希子に逐一教えたいと思ったため、彼女を窓側に座らせたのだが、前もって英介が考えていた通りには、車窓のガイドは進まない。成田から上野までは、八年ぶりの再会を互いに喜び、お互いに離れていた間のことをあれこれ語り合って来たけれど、上野公園の中にある精養軒で遅い昼食をとりながら、二人はそれぞれ、お互いが乗り越えなければならないハードルがあることを、強く意識したのだった。

仙台駅で、早希子を乗り換えの順路にみちびきながら、英介は、はじめて合宿で悠吾とこの仙台駅に着いた時のことを思い出した。

あの時は、まさかこうして早希子と二人で仙台に来ることがあろうとは、思ってもみなかった。早希子は過去の、遠い存在だった。しかし現実の人生は、今こうして二人を結びつけ、これまでの隔たりを埋めようとさせている。

それだけでも、十分すぎるめぐり合わせだと、英介は思った。そして自分をはげましてくれた人たちの顔を、何とはなしに思い出していた。

「卒論で芭蕉のことを書いたって言ったわね、英介くん。」

早希子の言葉で、英介はわれに返った。英介の返事を待って、わずかに首をかしげ、心もち見上げるような角度から刺しこんでくるそのまなざしも、形よく整った唇をかすかにひらいて問いの気持ちをあらわしている口もとも、十代の昔そのままのようである。胸の奥にきざした疼きを押しかくしつつ、つとめてさりげなく英介は答えた。

「うん。中学時代に、二人で勉強したことがあっただろう。どうして芭蕉があの旅路を歩いたのか、そのことがずっと気にかかって、大学でも芭蕉をメインに勉強したんだ。三年になる頃には、卒論もすっかり芭蕉で行こうと、決めていたよ。」

早希子は少し目を細め、言葉を返した。

「そんなこともあったわね。あの時は、あなたのおうちで帰りが遅くなって、兄が迎えにきてくれたのよね。わたし、あの時はちょっとくやしかったわ。」

「どうして。」

「だって、勉強に夢中になって遅くなっただけなのに、わざわざ迎えをよこすなんて。何か、変に誤解されているんじゃないかって、心外だったんだと思うわ。それに、英介くんとの友情に、水を差されたような気もしたのかな。」

そう言うと、早希子は英介の目を正面から見つめる。そのまなざしが、ふたたび英介の胸の奥深いところをえぐった。八年前、父の転勤に伴ってアメリカへ行かねばならぬことを打ち明けたあの時も、早希子はたしかに、この同じまなざしで自分を見つめていたのだ・・・。

そのことをはっきり思い出すと、「友情」と言った早希子の言葉が、頭の中でぐるぐると回転する。自分と早希子を結ぶものは、はたして友情なのか、それとも・・・。八年前のあの時も、彼女はそのことを問うていたのか・・・。そして今、自分はどのように、早希子に語りかければよいのだろうか・・・。

返事にとまどい、英介は腕の時計に目をやった。つられて早希子も、同じように自分の左手首に視線を落とす。二人がお互いずっと手放すことのなかった腕時計の文字盤の同色の色合いが、別の意味でそれぞれの八年間のこもごもを、語っているようだ。

英介はそれをしおに、早希子をホームの駅弁売りの売店へと誘《いざな》った。今日のこれからの道程では、昼食は車中で駅弁にせざるを得ない。それは昨日から早希子に伝えていたことである。早希子ははじめて経験する日本の駅弁への好奇心をあらわにして、英介のあとにしたがった。英介は、そんな彼女をこの上なく愛しく感じながら、春先からいく度かやりとりした早希子との手紙の断片を思い返していた。

「とつぜんの勝手なお願いだったのに、こころよく受けとめて下さって、感謝していま
す。もうすぐあなたに会える、そのことをこの上なく、よろこんでいるわたしがいます。
でもその一方で、こんなに長い間、あなたに失礼をしたままでいたわたしが、自分の望
むままにあなたと再会していいのか、そのことも気になります。それにわたしは、日本を
離れた時のままのわたしではありません。
それでもあなたや、そして日本という国が、わたしを受けとめてくれるのか、どうか…。
ごめんなさい、今日はわたしの思ったままの気もちだけを、聞いてください。」
「今度の手紙を、何度もくりかえし読みました。長い間のご無沙汰は、お互いさま。僕
だって、君がアメリカへ行った時のままの僕ではないし、二十歳を過ぎてから、自分の人
生というものを考えるたびに、あの時どうして無理にでも、君を引きとめなかったのかと、
後悔するようになっていました。
この間の手紙に書いた通り、君からの手紙を受けとって、僕は心底、うれしかった。そ
して、君が日本へ帰って来てくれる、これ以上の喜びは考えられないし、あれから僕が、
生きて考えて来たことのすべてを、君に知って欲しい、そう思っています。
いろいろなことを、会って話しましょう。僕ももう、あの時の僕ではありません。もし
何か言いたいこと、言うべきことがあるのなら、すべてを話して下さい。どんなことでも、

僕は受けとめるつもりです。」

早希子からの最初の手紙を得たあと、しばらくして折り返しに英介が返事を返し、それからまたすぐに、二人の間にはこうしたやりとりがあった。

しかし英介がこの返信を出してからひと月近く、早希子から返事は来なかった。英介は二信目を出そうか、あるいは国際電話をかけてみようかと、しばらく考えていた。そして明日にも電話をしようと決心したその夜にポストに入っていたのは、こんな内容の手紙だった。

「英介さん、しばらくお返事を書けなくて、ごめんなさい。さんざん考えて、日本に帰ってみよう、そしてあなたに会ってみよう、そう決心したつもりだったのに、どうしてもわたしには、日本へ帰ることへのためらいと、こだわりがあるようです。

あなたには何の関係もないことで、ごめんなさい。でもわたしは、あれからの自分のことを隠したまま、あなたに会うことは、できそうにありません。それなのに、手紙でそれをあなたに伝えるのがこわくて、いたずらに時間を費やしてしまいました。

おかしいでしょう。昔は何でもすぐに決めて行動していたわたしが、こんなに優柔不断になるなんて。でもそれくらい、わたしとわたしの家族には、つらい何年間かがあったのです。

もしかしたら、ご存じかしら。父がアメリカの支社に赴任したあと、父とは何の関係もない不正経理が発覚して、父は会社を辞めなければならなくなりました。わたしは信じられませんでした。アメリカという国で、前任者の何代も前からつづけられていたことを、父の責任にされるなんて。でも今にして思えば、日本叩きが激しくなる頃で、何も知らずに赴任した父は、スケープゴートにされたのかも知れません。とにかくアメリカの制度は、法として厳格に、その時の責任者を追及するものでした。

それはある意味、しかたのないことだったとしても、もっとひどかったのは、日本の本社です。とかげのしっぽ切りのように、父にすべての責任を負わせ、日本へ呼び戻すことさえせずに、そのまま放逐したのです。そこに父の意志も含まれていたのだということは、ずいぶん経ってから聞きましたが（父は自分が犠牲になることで、会社の損失を最小限に抑えようと考えたのと、一方では、そんな会社に愛想が尽きてしまい、そこまでが限界だったのだと、わたしが二十二になった時に、話してくれました）、とにかく父とわたしたち一家は、身寄りもないアメリカで、まったくの独力で、生きていかなければならないことになりました。

兄が大学を卒業し、アメリカへ渡って来てくれたのは、そのためです。兄が来てくれた時、わたしたちは嬉しくて、みんなで語り合いながら、夜を明かしました。でもわたしの心の中には、英介さん、あなたとの絆が断たれてしまうことへのさびしさが、はっきりと形をとっていたのです。うそではありません。

それからのわたしの家のくわしいことは、いつかお話しできる機会があったらいいな、と思います。ただわたしは、次のことだけは、日本へ帰ってあなたとお会いする前に、お伝えしなければならないと思います。気持ちのいい話ではないと思いますが、このことをお話ししない限り、わたしは日本に帰ってあなたと会うことができないのですから、ゆるして下さい（気持ちはまだ、大きくゆれているのですが・・・）。」

ここで早希子の手紙は、縦書きの便箋のページをわざわざ、改めていた。それは自分の身の上のできごとを、いま現在の私信とは別のこととして記そうとしているようにも、また気持ちを落ち着けようとする目的のようにも、英介には思われた。

「わたしはアメリカへ来て一年で、ハイスクールを卒業することになりました。大学へ進学するつもりでいたのは、あなたもご存じのことと思います。でも父の仕事のことがあって、すぐに大学へ進むのは、むずかしくなってしまいました。兄もまだアメリカへ来たばかりで、ゆとりはまったくありません。

考えに考えて、わたしはアルバイトを始めました。アメリカで日本人や、日本好みの富裕層に人気のあった、料亭ともクラブともつかぬところです。家計を助け、先々の学費を得ることも考えると、ふつうのファストフードや皿洗いのアルバイトでは足りるはずもなく、こちらへ来てから知り合いになったある実業家の紹介で、そういうところへ勤め始めたのです。

でも、これだけは信じて下さい。不本意なアルバイトでしたが、自分を売るようなことだけは、決してしていません。このことを、あなたが信じて下さらないなら、わたしが日本へ帰ることもないでしょう。でも、やはりそのことが不安でたまらなかったから、なかなかこの手紙を書くことが、できなかったのです。

いちおう、父の知り合いの紹介での勤めでしたから、理不尽なことを強いられたりはしませんでした。でも、そこでの勤めは、わたしの自尊心をひどく傷つけるものでした。

そのことが、いま、あなたに会おうとする上で、わたしを苦しめます。わたしは、日本にいてあなたと同じように大学へ進んでいたら、絶対に知らなくてよかったようないやな世界を、知ってしまったのです。

それに、もうひとつ。このことだけは、手紙に書いてわかっていただくのは、むずかしいように思います。わたし自身が日本に帰ってみないことには、何とも言いようのないことなのです。この手紙を読んで、あなたがわたしのことをきらいにならないでいてくれたら、そしてわたしが日本に帰れたら、そのときに、お話しできれば、と思います。

わたしは、日本に帰りたいと思うようになり、結局アメリカにはなじめなかったのだと知りました。でも、日本に帰るのもこわい・・・。たとえあなたがわたしを受け入れてくれても、わたし自身が、日本にもう一度心から、親しめるのか、どうか。

ごめんなさい。何でも自分でどんどん決めた、あの頃のわたしには、いまはどうしても、戻れないみたいです。あなたに会えることだけが、わたしの希望のように思えます。」

英介は、長い手紙を読み終えた夜のことを、あわせて思い返した。早希子が最初の手紙の時から気にしていた、彼女の渡米後のこと、それがこのような内容であろうとは、想像だにしなかったから、英介はその時しばらく、言葉を失った。もちろん、早希子が手紙を書くのに逡巡した原因だという、彼女の過去が理由で早希子に対して悪い感情が生まれるなどということはなかったが、遠いむかしにちらりと聞いた噂話、その実情を打ち明けられて愕然とし、ほんの一瞬ではあるが、自分が早希子を支えられるだろうかという不安を覚えたのも事実だった。

しかし、早希子の身の上の全容を理解し、ゆっくり自分の気持ちを整理するだけの余裕のある時間を取り戻すと、ふつふつと英介の胸中にたぎって来たのは、早希子をこの上なくいとおしむ気持ちと、早希子が苦しんでいた間、何も知らず、力になってやれなかった自分への怒りであった。だから英介は、二、三日考えを整理すると、自分の思いをそのままぶつけるように、早希子に手紙を書き送った。

「はじめにひと言、君に対して心からすまないと、言わせてもらいます。君がそれほどまでに苦しんでいた間、僕は何も知らなかった。いや、それればかりか、自分が君に置いて行かれたように思い、僕は恋に破れたんだ、などと、思い込んでいた。それを思うと、自分が恥ずかしい。

許して欲しい、などとは、かえって自惚れになるようだから言えないけれど、早希子、どうか帰って来て欲しい。それがいま君に言える、精一杯の言葉です。

君は自分の過去に何も恥じる必要などないし、僕の目からは、やはり君は昔のままの君に見えます。これからは、もし君が苦しむなら、僕もその苦しみを、一緒に負うつもりです。」

早希子、と手紙で呼びかけることは、英介にとっては自分の覚悟を示すことだった。かつて中学時代に同級となり、気が合っていつからか、皆の前では「池野」と呼び捨てで、二人きりの時は「早希ちゃん」と呼んでいた、なじんだ呼び方から、「早希子」と改めることとは、これまでずっと俤《おもかげ》を追う時に心のうちで呼びならわしていた言い方であるとともに、現在の自分たちの年齢と、傷ついた早希子を迎え入れることへの自覚とを、形にあらわすものだったのだ。

折り返し早希子からは遠慮がちな短い手紙が送られて来て、そのあとはじめて、英介はアメリカの早希子の家に電話をかけた。はじめに出た早希子の母に無沙汰を詫び、取り次いでもらうと、すぐ電話に出て来た早希子は、ひと言こう言ったきり、しばらく絶句してしまったのだった。

「英介くん・・・。本当に、英介くんよね？・・・」

英介も、早希子の声を聞くと、いろいろと考えていたことがうまく口から出て来ず、短い言葉をつなぐのが、やっとだった。

「たくさん手紙をもらって・・・。こんなに遅くなってしまって。ごめんね・・・。」

須臾の間の沈黙を急いで破ったのは、早希子だった。

「ごめんなさい。日本からいただいているお電話なのに。うれしいわ、何年ぶりかでお声が聞けて。」

声の調子が早希子らしくなったので、英介もわれに返って、それからようやく久闊《きゅうかつ》を叙し、また早希子の帰国の日程などを打ち合わせたのだったが、受話器を置くまで英介の胸の高鳴りは止まなかった。

その早希子が、今は自分の目の前にいる。まだ、話さなければならないこと、確かめなければならないことはあるのだが、すくなくとも、早希子は自らの身の振り方を決めるためにこの日本へ帰って来て、自分を心のよりどころにしているのだ。

英介は、駅弁をいくつか見くらべている早希子の耳元に口を近づけて、ささやいた。

「いちばん君にすすめたいのは、『松島あなごずし』だな。」

早希子ははじかれたようにふり向いて、相好を崩した。

「うそ、覚えててくれたの。わたしがあなご、大好きだったこと。」

「ああ。それでいいかい。」

早希子がうなずくと、英介は、早希子にすすめたあなごずしと、自分が気に入っているちらしずしとをさっと手に取り、手早く会計をすませた。

「あ、わたしの分はいくらかしら。」

「いいよいいよ。まだこまかいお金もできていないだろう。」

「いけないわ。昨日のお昼もごちそうになったのに。それに何回も切符を買ったから、お財布の中も、もうすっかりふだんの通りよ。」

昨日、成田から東京へ戻る途中の列車内で、新しい一万円札は持っていたものの、六年前に登場した五百円硬貨をはじめて見て、早希子は驚いたのだった。

「じゃあ、八百円。この五百円玉ができた時は、不思議な気がしたよ。何だか五千円、一万円の価値が、ずいぶん変わったような気がしてね。」

早希子の手から五百円硬貨を一枚、百円硬貨を三枚、受け取りながら、英介は笑ってみせた。すると早希子は、もっとおどけたように言うのだった。

「わたしもびっくりしちゃったわ。一万円札が、小さくなってて。もちろん日本にいた時には、あまりご縁はなかったけど。」

「そう言えばそうだな。会社に入った時、はじめてこのお札で給料をもらって、それからすっかり慣れちゃったけど、あの頃は一万円札も五千円札も、聖徳太子だったんだよなあ。」

英介がふたたび腕時計に視線を落とすのと、早希子が同じしぐさをするのと、ほとんど同時だった。二人はそのことに気づくと、今度はやや遠慮がちに視線を上げたが、正面から差し交わすまなざしが、しばらくたゆたい、互いに離れていた長い時間と距離、それゆえ隔てられていたそれぞれの思いとを、急速に縮めてゆくように思われた。

その時、列車到着のアナウンスとともに遠くから汽笛が聞こえ、二人を乗せる一関行きの列車がやって来た。

「ああ、来た来た。あの電車だよ。なつかしいな。学生時代に、よく乗ったんだ。」

早希子は英介の視線を追いながら、首をかしげ、つぶやいた。

「ずいぶんめずらしい電車ね。はじめて見るわ。」

「そうだろう。昔は国鉄の花形の、電車寝台特急だった車輌だよ。本来の寝台列車では使われなくなって、こんなふうに改造したんだ。この東北線や北陸線（注1）で、けっこう活躍してるんだよ。」

それはかつて、上野から東北、京都・大阪から九州方面へ、電車寝台列車として一時代を築いて駆けぬけた五八一系・五八三系電車を、普通列車用に改造した車輌だった。近郊用の電車ながら、長距離をゆく列車の汽笛のように聞こえたのは、そのためだろう（注2）。短い編成にするため、中間車を切妻型の前面のまま先頭車にしているので、はじめて見る者にとってはびっくりするような形をしている。英介自身、最初に東北へ来た時点ですでに東北新幹線が開業していたので、実際に電車寝台特急に乗った経験はないのだが、親しくみちのくを訪れるようになってから、この改造された普通列車に身をあずけることもたびたびとなり、これがあの五八一系の今の姿か、ここが寝台だったのかと、感慨を深めたのであった。学生時代の最後の旅以来、二年半ぶりの乗車になるかと思われる。

「詳しいのね、英介くん。昔からそうだったかしら。そう言えば、新幹線の中でもいろいろ話してくれてたのに、寝てしまってごめんなさいね。」

「いいんだよ。みちのくの旅も、これからが本番だしね。」

「松島も通るんでしょう。今度は寝ないから、いろいろ教えてね。」

「うん。もちろん・・・。」

英介は東北本線の松島駅と、仙石線の松島海岸駅の位置関係などを話そうかと思ったが、実地を見ながらの方がわかりやすいだろうと考え直し、語尾を濁したまま、到着した電車の海側のボックスシートへ、早希子を導いた。

「ほら、座席の間隔が、広いだろう。これが昔、寝台車だったことの名残りなんだ。それにしても・・・。」

早希子は何も言わずに英介の次の言葉を待っているが、英介は、喉元まで出かかった言葉をそのまま口にするわけには行かず、のみ込んだ。この広いボックスシートに座る時、いつも傍らに早希子のいないさびしさに縛られる心持ちでいたのだが、今日は二人、ともに同じ場所をめざしている。ひとりでこのみちのくの鉄路を旅した頃のことを思えば、夢のようである。だが、こうして再会するまでに早希子が負って来た苦しみを知ればこそ、英介は、自分の感慨にばかり浸るわけには行かないと、己を戒めたのであった。

進行方向左、つまり西の方へ高架線で分かれて行く仙山線を見送り、広い仙台駅の車輌基地を離れると、早くも車窓からは、青く伸びそろった稲田が眺められるようになった。

ほどなく東北新幹線の高架線も、真一文字に北をめざして、遠ざかってゆく。早希子が、まぶしそうに右手をかざしながら、窓の外に目をやった。梅雨の晴れ間に青い稲がよく映えている。すっかり夏の日ざしのようである。

「やっぱり、日本の風景ね。心がなごむわ。」

そうつぶやいた早希子の横顔を、英介は、しばらく見守った。昨日、上野で話したことが、気にかかっている。早希子は手紙で、日本へ帰ることに自信がないと言ってよこしたが、それは、アメリカでの生活で、日本人のいやなところを見せつけられてしまったことによるのであり、実際に帰国して日本で過ごしてみなければ、自分が日本で暮らしていけるかどうか、わからないというのであった。

手紙で苦しい過去を打ち明けられていたから、英介はわがことのように早希子の気持ちを慮ったが、自分も日本人である。アメリカになじむことができなかったと、早希子は手紙に書いていたが、生まれの土地である日本に帰って、その日本にも彼女自身が親しむことができないのだとすれば、自分にいったい、何ができるだろう。答えは、自分一人で作れるものではない。いま、早希子と二人で、ともに旅をし、ひとつの場所をたずねてゆく、その過程で、もっと深くお互いの心を通わせよう。英介には、それよりほかに考えられる方法がなかったのである。

いま、ここで切り出そうか。英介が呼吸を整えようとした刹那、早希子は昔よくそうしたように、好奇心を表情いっぱいにあふれさせ、問いかけて来た。

「これから松島まで、どれくらいかかるのかしら。あの、芭蕉が書いていた景色が、この電車からも見えるの。」

英介は、半分ほっとしたような、半分残念な気持ちで、しかしわが意を得たり、という調子を装って、話しはじめた。

「ああ、そのことなんだけど、このへんまで来ると、わかってもらえるかな。いま、電車はかなり東向きに、進んでるんだ。だから、南からの日ざしが、まぶしいだろう。」

早希子はうなずいた。

「で、松島駅までは、あと二十分くらいかな。その手前で、一度海は見えるよ。芭蕉が実際に書いている雄島が磯や瑞巌寺のある海岸よりは、だいぶ手前だけどね。いわゆる松島の、雰囲気はわかると思うな。でも松島駅は、すこし内陸の方にあって、駅に停車しても、残念ながら、そこから松島の海は見えないんだ。」

「あら、そうなの。残念だわ。」

「いや、それはこの、今から行く東北本線での話で、たとえば帰りにでも、石巻から仙石線に乗って仙台へ戻れば、松島海岸っていう駅があって、その沿線からは、しっかり松島らしい松島が見えるのさ。」

「せんせきせん？」

早希子は無邪気に首をかしげ、聞き返した。英介もすぐに気づいて、説明をつづける。

「ああ、仙台と石巻をむすぶ海沿いの線のことさ。もとは私鉄だったから、さっきの仙台駅でも離れたところにホームがあるし、松島駅と松島海岸駅では、松島の観光については完全に松島海岸に分があるんだ。そのことや、この東北本線の海線と山線のことなんか、全部話したら、きりがないかも知れない。」

「たしかに、ちょっとわけがわからなくなるかも知れないわ。少しずつ教えてもらうだけで十分かも。」

「ははは、そうだね。あとでほんのちょっとだけど、仙石線と並んで走るところがあるよ。海が見えるあたりでね。」

話しているうちに、列車は利府への旧線(注3)を分岐する岩切を過ぎ、次は陸前山王と告げられていた。そのアナウンスを聞くと、英介はふと、かつての自分のありのままの姿を、早希子に語ってみたくなった。

「はじめて東北の海辺に来たのは、四年前の、ちょうど今ごろなんだ。その時は、いま言った仙石線で、奥松島と呼ばれている、宮戸島という島に行った。芭蕉の愛した松島をたずねるということに、準備をしている時からもう、わくわくしてね。鞄に荷物を詰めながら、『股引の破れをつづり、笠の緒つけ替えて・・・』なんて、つぶやいたりしたよ。」

早希子は微笑んだ。

「はじめて見る松島の海はね、本塩釜の駅の向こうに見えたんだよ。」

「塩釜って、松島の近くだったかしら。」

「そうそう。次の駅がこの東北本線の塩釜駅だ。でもやっぱり、こっちの塩釜駅から海までは距離があって、仙石線の本塩釜が、港と市街地のあたり、つまり街の中心にあるんだ。国鉄時代からの『市の中心駅』は、この本線の塩釜駅だけどね。ところで、多賀城っていう地名は、覚えているかい。『壺の碑』の。」

「ごめん。いちおう昔持っていた文庫本を、荷物に入れて来たんだけれど。」

ばつの悪そうな早希子の顔は、ほんとうに久しぶりに見るものだった。英介は、舌の運びが軽くなるのを、何がなしに感じていた。

「はは、当たり前だよ、覚えてなくて。僕だって何べん、何十ぺん、ここらの汽車の中で『おくのほそ道』を読み返したか。いや、多賀城は古代、このあたりの国府のあったところだから、芭蕉もしっかり書いてるんだけど、さっき話した仙石線と東北本線の関係で、多賀城の駅は仙石線にあって、東北本線には、多賀城と名のつく駅は、存在しないんだ（注

4)。」

早希子はようやく得心して、口もとをほころばせた。

「いろいろな場所に、いろいろな歴史があるのよね。ここには、きっとわたしの知らない日本があるんだわ。そうでしょう。」

「君が日本に帰って来たら、とにかく見てもらいたい、そう思って、今日のことを計画したんだ。四年前、はじめて奥松島の海を見た時から、僕は芭蕉もさることながら、このみちのくの海にひかれて、いく度も足を運んだように思える。とくに海辺を歩くようになってから、僕の目には、ずっと海の向こうにいる君の顔が、浮かんで見えた。今はまったく疑いなく、そう思えるんだ。」

早希子の瞳が、かすかに揺れた。はじめて見る、早希子の目の光のように思われた。

「英介くん・・・。」

列車がトンネルにさしかからなければ、英介は、これまでこのみちのくの旅路であたためて来た思いのすべてを、そのまま早希子にぶつけていたかも知れない。だがトンネルの中では、会話がとぎれる。かわりに言葉を交わさぬまま、二人の間にはほのあたたかい、しずかな空気が満ちていた。

列車が進入したトンネルは、塩釜駅を出てすぐの、短いトンネルだった。英介は、卒論を書くために平泉をたずねた際、何度か松島に立ち寄って行ったことがあったから、このあたりの鉄道事情には通暁するようになっていた。ここから三つ四つトンネルを抜けたら、並行する仙石線と、はじめての松島の海とを、早希子に見せてやらねばならない。

早希子はトンネルがつづくため、入るたびにぎゅっと目をつぶり、やがておそるおそるまぶたを開くと、英介の顔を見る、そんなことを繰り返した。やがて英介の感覚にひらめくものがあり、左手の車窓に目をやると、海沿いの沼の向こうから仙石線の線路が近づいて来る。反射的に英介は早希子に目くばせをし、窓の外を指さした。折しも列車はふたたび短いトンネルに進入して、そこをくぐり抜けると、早希子の右手、英介の左手に、待ち望んだ松島の海があらわれた。

早希子は声もなく、その眺めに感じ入っている。英介は、四年前に仙石線ではじめてここを通った時の自分を思い出した。そうか、あの時から、このみちのくの海に親しんで、早希子の帰りを待つことのできる、自分になった。そして今日、この海をたずねることで、早希子と二人、また新しい人生の旅路を、ひらくことができるのかも知れない。

車窓にひととき見えていた海は、ほどなく視界から消えて行った。かつては海の彼方に俤《おもかげ》だけが見えていたのだが、いまは手を伸ばせばとらえられる、すぐ目の前に、早希子がいる。互いにつらい思いをした、という言葉が浮かんだが、英介はすぐ、自分の苦しみなど早希子のそれとは比較にならぬ、こうして早希子を迎えるためにこそ、あれらの日々があり、それが自分を大きくしてくれたのだと、思い直した。

列車は松島の駅に到着した。国内でも有数の、著名な観光地でありながら、ホームの長さこそ立派だが、存外にしずかなたたずまいだ。それはさいぜん早希子に説明した通りの事情によるのだが、日本鉄道（注5）以来の長距離列車の乗客が、この駅で、多くは芭蕉に起因するのであろう松島への思いをつむいだのであれば、ここもまた、松島と芭蕉をむすびつける大事な駅なのだと思われる。

その松島駅を発車するとき、英介は早希子に言った。

「そろそろ駅弁を、食べておこうか。あとで乗り換えてから、こんなにゆったり座れるとは限らないし。」

すると早希子は、急いで網棚の上のバッグを下ろし、その中から二合弱ばかりの、コップの付いた酒の瓶を取り出したのだった。英介は驚いた。

「はい、これ。伯母に頼んで、用意してもらったの。」

英介は面食らった。とうぜん早希子の心づかいはうれしいが、この先まだ真面目な話をとりかわさなければならない今日、いくら何でも、その大事な話の終わる前に、口にするわけには行くまい。英介が戸惑っていると、早希子はさらにつづけた。

「手紙であなた、汽車に乗ってお酒を飲むのが好きだって、教えてくれたでしょう。飲みやすくておいしいの、見つけておいてもらったのよ。」

いかにも早希子らしい心くばりだと、英介は思った。正直なところ、二人で駅弁を食べながらその心づくしを受けることに、気持ちは傾きかけたが、早希子のこころをありがたく思えばこそ、けじめはきちんとつけるべきだと、英介は思い直した。そして言葉を選びながら、ゆっくり答えた。

「ありがとう。本当にうれしいよ。でもあと少し、海に・・・。今日これから、君と二人でたずねる志津川《しづがわ》の海に着くまで、これを開けるのは、待ってもらえないか。いまは気持ちだけを、ありがたくいただいて・・・。」

勘のいい早希子は、快活に、英介が言いかけたことばを引きとってくれた。

「お茶で乾杯しましょうか。」

「ありがとう。」

二人はそれから、駅弁と一緒に買った、半透明のプラスチックで、形だけが土瓶に似せてあるお茶のパックを窮屈そうに注ぎあって、小さなコップを重ねあわせた。それはもう長いこと評判の悪い、プラスチックの容器だったが（注6）、英介と早希子、二人には、ちがう意味を持つものだった。

二人で駅弁を楽しみながらとりとめのない会話をかわすうちに、松山町《まつやままち》という駅に着く。この一帯は、早希子が仙台駅の北で稲田の姿に感激したよりもなお、広大な水田地帯である。英介は、学生時代に太田とよく飲んだ『一ノ蔵』の蔵元が、ここにあることを思い出した。あの頃、この広々とした水田を目《ま》の当たりにしたのは、最初が色づく前の実をたくわえた青い稲穂、次が田おこしの頃だった。そして田おこしを見たその年は、稲が育ち、黄金色に平野のすみずみまでを彩って、さらに刈り取られる季節まで、幾度も往来したのであった。

「早希ちゃん、長く座っていて、疲れないかい。」

英介はふと気がついて、外の景色を眺めている早希子に声をかけた。早希子は口もとをゆるめて英介の顔を見ると、かるく首を振りながら答えた。

「ありがとう、平気よ。飛行機はもっと長かったし、アメリカでは、どこへ行くのにもずっと座りっぱなしだったから。」

早希子はそう言ってから、すぐまた窓の外に顔を向けて、つぶやいた。

「このお弁当、あなごもおいしいけど、なんてお米がおいしいのかしら。こんなにすばらしい日本のことが、わたしには、いつから遠い場所になってしまったのかしら・・・。」

英介は、あえて言葉を発することなく、早希子が見ている稲田の方向へ、視線を添わせた。自分にとっては第二の故郷とも言える穀倉地帯だが、十七の時に日本を離れ、八年ぶりに帰国した早希子の目には、どのように映っているのだろう。ほどなく列車は、英介がはじめて訪れたあの野蒜の東側へそそぐ鳴瀬川をわたり、東北新幹線の開業前は東西へ支線を分かつ要衝だった、小牛田《こごた》駅へと近づいてゆく。ここから石巻線に乗り換えて志津川へ向かうのが、今日の二人の目的である。

小牛田駅の規模は大きい。新幹線の開業以来、長距離の人の流れの多くを古川に譲ったとはいえ、在来線の配線が失われたわけではもちろんなく、ここもまた広々とした水田を擁する平野の中心に、十字路のように行き交う路線と、長大なホームがどっしりと横たわり、旅ゆく者のこころをやさしく迎えてくれる。

「こごたー、こごたー、こごたー。」

ゆったりとした駅の放送を聞きながら、英介は早希子をうながして、小牛田駅のホームを踏んだ。過去に幾度か乗り継ぎをした、なつかしい感覚がある。そして英介の蹠《あなうら》には、もう一つ、強く大地を踏みしめるような、新しい感触が加わっている。それは自分自身の決意によるものだと、英介は考えた。

小牛田での乗り換え時間は、十八分ある。一人だったら、ほんの少しでも改札の外に出て、ビールを買って、というところだが、今日は早希子と二人、のんびり汽車を待つのもいいだろう。

「早希ちゃん、気動車、いやディーゼルカーで旅したことは、あったかい。」

上り線側のホームの中ほどにあるベンチに並んで腰かけると、英介は早希子に問うた。

早希子は少し考えたあと、記憶をたしかめるように心もち首をかしげ、途中からは英介の同意を求めるような口調で返事をした。

「横浜の伯母の家の本家が、寒川なのよ、寒川神社のある。そこへ行く時に乗ったのが、たぶんそうだと思うけど。」

「ああ、それは相模線だから、たしかにそうだよ（注7）。いつ頃のことだい。」

「たぶん高校に入るか、入らないか、それぐらいの頃だったと思うわ。帰りに兄が、八王子を回って帰ろう、なんて言い出して、ずいぶん長く乗った覚えがあるわ。」

「それは東京近郊で、ずいぶん風情のある旅をしたもんだね。さすがお兄さんだな。」

英介は、七年あまりも会っていない俊夫の顔を、なつかしく思い出した。

「わたしには、何だかあまりよくわからなかったわ。ときどき見える川の様子が、いい雰囲気だな、とは思ったけど。」

それはそうかも知れないな、と言いかけた英介の耳に、遠くから気動車の汽笛が聞こえた。はるか左手の前方から、石巻線の列車がやって来るのが見える。新幹線の車中で見た時刻表では、女川からの列車だったと記憶している。時刻表で、女川発という記載を目にした瞬間、英介の脳裏には、はじめて女川を訪れた日の雪江の言葉が、はじけるようによみがえったのだが、隣りで寝息を立てている早希子の顔を見て、まだもう少し、そのことを早希子に話すのは、待とうと思ったのであった。それにしても、四年前、あの女川で、雪江と出会っていなければ、自分は果たして、この日を迎えられただろうか。英介の胸の中に、女川の雪江をはじめ、三陸の海と、そこで出会った人たちとの記憶のこもごもが去来した。

到着した二輌のディーゼルカーからは、女川や石巻方面からの数十人の乗客が下りて来た。入れかわりに乗りこむのは、まだ十人ちょっとである。このまま前谷地《まえやち》から気仙沼線直通となるので、英介は、あとで海側となる右側のボックスシートに、早希子を連れて席を占めた。

「これがディーゼルカー、っていうのね。昔のことはよく覚えてないけど、何となく、なつかしい気がするわ。」

早希子は腰を下ろすと、天井や網棚、それから座席の周辺を見回しながら、つぶやいた。独特のにおいがしている。窓の外には側線が、十数列も並んでおり、その向こうには青々とした水田が、見わたす限りつづいている。天井の扇風機が、音を立てて回り始めた。

「このまま乗って行くと、途中から気仙沼線に入って、志津川に行くんだよ。発車したら、一時間とちょっとだ。」

英介は、早希子に説明するつもりで言ったのだが、途中から自分自身に言い聞かせるような気のして来たことが、不思議だった。

エンジンがひときわ唸りを上げ、その振動がやがて腰のあたりに伝わって、気仙沼行きの列車が小牛田駅を発車した。小牛田から石巻を経て女川に至る石巻線は、途中三つ目の前谷地で気仙沼線を分岐する。気仙沼線の柳津－本吉間が全通したのは、わずか十一年前の昭和五十二年であり、英介がはじめて志津川をたずねた頃は、そのあたりの各駅では、コンクリートがまだ随所に白さを残していた。あれから何年になるのか、という感慨を、なぜだか英介は覚えなかった。それは目の前に早希子がいる喜びによるのだとも思えるし、二人で志津川をめざして行くことに、ある必然を感じているためのようにも思われた。

線路は右に大きくカーブして、東北本線と別れてゆく。いよいよ、三陸の海辺に向かう道すじのはじまりである。上涌谷《かみわくや》、涌谷《わくや》と一駅ずつ停車するたびに、英介の身ぬちには、抑えがたい躍動感がみなぎりはじめた。それとともに、仙台駅で早希子と向き合った時に感じた心の疼きが、すっかり消えていることに気がついた。青々と広がる稲田が、早希子の心をなぐさめ、二人を隔てていた壁を取りのけてくれたのだろうか。間もなく自分たちを迎える三陸の海が、おのずからなる答えをもたらすはずだと考えながら、英介は、今度は膝をつき合わせるようにして座っている早希子のことを、これまでのいつにもまして、かけがえのない存在だと感じていた。

前谷地から石巻線と別れ、北東方向へ進路をとる気仙沼線は、一つ目の和渕駅を過ぎるとすぐ、上流の鳴子あたりでは荒雄川と呼ばれている江合川を渡った。すぐ下手の方で、その江合川が大きな流れと合流しているのが見える。

「あれは旧北上川だよ。芭蕉の頃には、あの流れが石巻まで流れて行く、北上川の本流だったんだ。」

早希子は興味深そうに、英介の指さす方を見やった。

「そう、あれが北上川なの。平泉は、どっちの方角になるのかしら。」

「うん。川の流れとしては、右手の進行方向が上流で、ずっとさかのぼった方だけど、途中、平泉から一関のあたりで、大きく南東に向きを変えているから、方角としては君の方から見て、左前方、北北西、ってところかな。」

早希子はうなずくと、いっとき車窓から視線をはずし、平泉のあたりを思いやる様子だった。

「日本を離れても、平泉のくだりを忘れることはなかったわ。あの時、二人で勉強したからかしらね。」

十年前のあの日、歴史が好きだった英介は、奥州藤原氏三代について調べることに熱中し、早希子は、芭蕉が夏草からいにしえを強く思った心情と背景に関心を持って、それぞれ図書館から借りて来た本を読みこんでは、発見したことを語り合った。そうこうするうちにすっかり帰りが遅くなって、早希子の兄が迎えに来ることとなったのだった。

英介は、往時のことを早希子がよく覚えていてくれてうれしかったが、めぐり合わせとはいえ、自分の方が結局、芭蕉の詩情と生涯を追う結果となったことを、不思議に思った。そして早希子がアメリカにいても平泉のくだりを忘れなかったことと、自分が芭蕉を卒論のテーマとし、親しくこのみちのくの地になじんだこととの間にも、つながるものがあるのではないかと考えた。しかしそれを今、早希子に言おうとは思わなかった。

それからしばらく、線路は旧北上川の流れに並行してゆく。もっとも列車の窓から直接、川面は見えないのだが、青々と広がる稲田の尽きるあたりの地形の変化が、そこに川が流れていることを示している。空には白い雲がところどころに散らばって、畦道に軽トラックを停めた農夫が田の中で草取りをしている姿などが、ちらほら見える。のどかな光景である。英介は、芭蕉が石巻から平泉へ向かうくだりで、「遥かなる堤を行く」と書いていることを思い出した。そしてこれはぜひとも教えておかなければと考え、やや勢いこんで早希子に言った。

「そう言えば、このあたりを芭蕉が歩いたのかも知れないよ。場所ははっきりとはわからないけど。」

すると早希子は目を輝かせ、はずむような声で答えた。

「やっぱり、そうよね。たしか、そんな文章があったように思ったんだけど、自信がなくて。あれは、どの章に書かれていたのかしら。」

「平泉に出る前、石巻のところだったかな。松島から平泉へ行くのに、間違って石巻へ出た、というような記述があって、それから平泉をめざす途中に書かれているのが、どうもこのあたりのことなんじゃないかと思うんだ。卒論の時には、その点には触れられなかったけどね。」

「そうだったの。でも、うれしいわ。芭蕉が歩いたかも知れないところに、あなたと二人で来ることができて。」

早希子は微笑んだ。英介も、早希子が芭蕉のこと、昔のことに深い思いを持っているのに驚き、その上自分の専門とはいえ、芭蕉について問われ、答えるというやりとりに、面映ゆいものを感じていた。そしてもし、あのまま早希子が日本にいて、同じように芭蕉を研究したらどうなっただろうと夢想したが、すぐにまた、他愛のない夢想より、今の自分と早希子の現実の方が、有り難く、貴重なことなのだと思い直した。

列車は川の流れにあわせるかのように、時おりカーブして来たが、御岳堂《みたけどう》を過ぎると大きく東向きに進路を変えた。海が近くなっているためか、日の光がひときわまぶしく感じられる。やがて短いトンネルを抜けるとすぐ長い鉄橋にさしかかり、川幅の広くなった北上川を、ダダンダダン、と音を立ててわたるのだった。

「見てごらん。あそこで川を、二つに分けているだろう。右に分かれて行くのがさっきの旧北上川、まっすぐ行くのが新北上川だよ。洪水をふせぐために、追波川という支流の流れに、開削した新しい流れを落として、言わば放水路のようにしたらしい。このあたりも、昔から水害に苦しんだ土地みたいだね。」

「右に分かれる川、ってどこ？よくわからないわ。」

「ああ、ごめんごめん。あそこに白っぽい、すべり台みたいなのが二つ見えるだろう。あそこが水門になっているんだ。」

英介の指さす方を、早希子がなおもよく見ようとするので、二人は頬を寄せ合うような格好になった。だが互いに照れなどを感じることもなく、一つのものをそうして一緒に見ているとことが、かえって自然なことであるのを確かめ合うような気持ちがあった。

鉄橋をわたり終えると、左にカーブする大きな築堤で平地に下り、柳津《やないづ》駅に到着した。

気仙沼線は当初気仙沼方から本吉までが気仙沼線として開業し、おくれて前谷地からこの柳津までが柳津線として、開業した。さらにおくれて柳津‐本吉間がつながって、気仙沼線として全通したが、その区間の開通は、国鉄最後の地方交通線の新設だったという。

英介は、何もなければおそらくそんなことも、早希子に話して聞かせるだろうと思ったが、柳津を出るとあと三駅、二十分ほどで志津川である。緊張するわけではないが、早希子にはさして関心もないであろう気仙沼線の歴史を語るより、二人でともにあることを大事にしたいと願う気持ちの方が強かった。

「これから、少し山の間を通るよ。トンネルもいくつかあるし、次の駅を出たあとのトンネルは、かなり長いよ。」

早希子はトンネルと聞いて、羽織っているジャケットをちょっと合わせるようなしぐさをした。

「ありがとう。さっき、トンネルがちょっぴりこわかったのよね。」

英介は、東北線の車中でトンネルに入るたびに目をつぶっていた早希子の顔を思い出した。以前の意志の強い早希子の印象とは少しちがう、今のありのままの姿があった。

「今度は単線のトンネルだから、もっと迫力があるよ。特に長いトンネルの時は、窓の外を見ない方がいいかもね。」

「いやだ、おどかさないで。そのトンネルの時は、教えてね。」

「ああ、もちろんだよ。」

柳津の次の陸前横山駅を出て、その長いトンネルをくぐる間、早希子は言葉少なに、英介の方を向いていた。英介は、夏場は窓を全開にしてこうしたトンネルの通過を楽しんだ学生時代を思い出したが、やはり今、そんな話を早希子にする気にはなれなかった。ただ早希子が心細くないように、他愛のない話をしながら、トンネル通過を心待ちにした。

トンネルを抜けると、行く手の視界が一気に明るくなった。さらに陸前戸倉駅を発車すると「次は志津川、志津川に停まります」というアナウンスが流れて、英介と早希子は顔を見合わせた。ほどなく車窓に、青い海が姿をあらわす。早希子が息を呑む様子に、英介もまた心を躍らせた。

「これが志津川湾だ。志津川の海だよ。」

時計を見ると、すでに午後一時だ。上野を出てから四時間以上、列車を乗り継いで来たことになる。早希子もまた同じように時計の文字盤に目を落とし、つぶやいた。

「遠かったわね。」

ああ、と返事をしかけて、英介は「遠かった」という言葉の意味に気づき、自分と早希子の左手で時をきざんで来た腕時計を、つくづくと見くらべた。心なしか、早希子の小ぶりな女時計の方が、傷みが激しいように思われる。英介は、この時計をともに身につけてからの十年、とりわけ早希子の渡米後の八年間を、その姿に思い見た。

そしていよいよ、志津川の町、志津川の海が、二人を迎えてくれるのだ。英介には、今日のこの旅程の目的地に着くのと同時に、三陸の海辺を歩きつづけた長い旅の終着点が、待っているように思われた。

志津川の駅には、二面の島式ホーム（注8）がある。昭和五十二（一九七七）年に新しく開通した区間だから、気仙沼線の中間の拠点として作られたものであろう。ホームから階段を下り、海側へ抜けたところに、小さな改札がある。駅前には目立った店や施設などはないが、海に向かって開かれた町にのぞんでいることがよくわかる、明るい駅である。三陸では、川が海へ注ぐところの平地にひらけた集落が町へと発展し、そこに駅が作られている場所も多いのだが、一方で線路を通すことのできる地形もまた限られているから、このような位置関係にも、英介としては最初から合点が行った。

「さあ、海を見に行こうか。志津川の海を。」

「ええ。」

英介は、気仙沼からの帰り道に、一度ここで下車して、歩いたことがあった。美しい海の眺めが印象的だが、観光地化していない、おだやかな町の様子が好きだった。

早希子が日本へ帰って来ることとなり、手紙や電話であらかたの事情もわかって、自分自身の気持ちは固まったが、当の早希子と、どのように今までのこと、お互いの気持ち、そしてこれからのことを話せばいいのか、はじめは大いに悩んだのだった。まして、早希子は日本に帰らなければ、自身がもっとも危惧していることへの答えが見出せないし、手紙や電話では、そのことはうまく伝えられないのだと言った。

あれこれ考えるうち、ふと英介の脳裏に浮かんで来たのが、この志津川の海だった。親しくなじんだ三陸の、ほかの場所でなく、なぜこの志津川を思ったのかは、実のところ英介自身にも、よくわかっていない。しかし、確たる理由はないけれど、その場所が一番良いのだという確信のようなものだけは感じられ、早希子と再会の段取りを相談する中で、この志津川行を提案したのだ。

早希子は三陸まで行くと言うので、はじめは驚いた様子だったが、彼女自身、帰国して英介と会うことに大きな選択をゆだねるつもりだからと言い添えて、承知したのであった。

一度来ただけの記憶を頼りに、見覚えのある道を進んで行くと、小さな川に出る。その川の流れゆく先を眺めれば、海はもう、すぐ手の届くところにあると知られた。

「すてきなところね。」

「疲れてないかい。少し、歩いてもいいかな。」

「ええ、平気よ。」

平日の昼過ぎだから、町を歩く人の姿は少ない。早希子はときどきまぶしそうに、額のあたりに手をかざしている。英介は、いつ本題を切り出そうかと考え出し、そうすると、車中のようにいろいろと話すことができなくなった。早希子も少し疲れたのか、黙しがちである。

二人をみちびいた川が海に尽きるあたりは、片側が公園、片側が漁港になっている。英介は、外海の見えるところでゆっくり話をしようと思い、漁港の手前を横切って、小さな島の見える、湾の左手の小山の先端を目指して行った。途中足もとの悪いところがあったから、すっと早希子の手をとると、彼女はしっかりとにぎり返して、微笑んだ。

右手に志津川の港と町、左に外海へつながる志津川湾の全容を見渡せる浜の斜面に腰を下ろすと、早希子は小さくため息をついた。

「ごめんね、だいぶ歩かせてしまったみたいだ。大丈夫かい。」

「いいのよ。とうとう来たのね、あなたがずっと言っていた、志津川の海に。」

「ああ、とうとう来たんだ。」

とうとう君と二人で、来ることができたんだ、と言う言葉が出かかったのを、英介は押しとどめた。それにしても、いくたび三陸の海をたずねたことだろう。そのほとんどは、一人で早希子の俤を追う旅だった。四か月前、はじめて早希子と連絡がついてから、陸前高田、気仙沼、さらに唐桑と歩き、早希子への思いを確認した。そして今日、早希子と二人で、この志津川の海をたずねて来た。

あと一つ、早希子を迎えるための問題をクリアすれば、早希子との新しい人生がはじまる。はたして早希子はこの日本に、戻る覚悟が持てるだろうか。昨日、今日とあわただしく動いて来て、まだその答えを求めるのは早いのではないか。

いや、しかし早希子はもともと、決断力に富んでいた。今回も、ここへ来ることで何かを選択すると、言い切ってもいた。話さなければ。だが早希子が迷うなら、自分はまだまだ、待ってもいい。どうせ八年も、待った仲だ。とにかく早希子の思いを、聞いてみなければならない。

しかし、いざ早希子にそのことを問おうとすると、どうしても、うまい言葉が見つからないのだ。旅路をともにして来れば、自然に聞けるだろうと高をくくって、ここのところを何と言うのか、そこまでは考えていなかった。さあ、どうしたものか。

思いあぐねていると、トンネルを抜けて来た一時間あとの気仙沼行きの列車が、志津川の町へ入ってゆくのが見えた。これまで助けつづけてくれた三陸の海と、三陸の鉄道の、そのゆるぎない姿が、これまでと同じように、英介に力を与えてくれる。

ここまでずっと、早希子の気持ちを大切にし、切り出すタイミングをおしはかって来たつもりだが、本当に大事なことは、いつかどこかで、自分がはっきりさせなければならない。英介は、早希子の気持ちを問いただすより、ストレートに自分の本心を伝えることがまず必要なのだと、臍《ほぞ》を固めた。そして心もち居ずまいを正して、早希子に呼びかけた。

「早希ちゃん。」

折りからの強い風が、自分の声をどこかへ吹き流してしまったかと、英介は思った。しかし早希子は、ほんの少しの間、遠い海のかなたに目を注いでいたかと思うと、やがて静かに振り向いた。そして、さいぜんからの英介の思いを知っていたのか、あるいは何とはなしに誘われたものか、アメリカでの彼女の痛みの核心にふれる部分を、問わず語りに話しはじめた。

「昨日、お昼の時に言った、日本人のいやなところ・・・。それはね、もう経済でアメリカを追い越した。ジャパン・アズ・ナンバーワン（注9）とか、そんなことを言っていばっていて、お金がすべて、自分たちが一番だ、なんていう顔をしているところだったの。とくにアメリカに来て、わたしがアルバイトしていたような店で遊んでいる人たちは、そうだったわ。」

早希子の表情は、苦しげだ。英介は、自分も精一杯寄り添うのだという気持ちを込めて、真剣な表情で早希子に向き合うほかなかった。

「もちろん中には、わたしのような学生があいう店でアルバイトをしていることを心配してくれる、いい人もいるにはいたけど、でもほとんどの人は、お金さえ出せばなんでもできる、そんな勘違いをしている人ばかりだと、わたしには思えたの。」

英介にも覚えがあるが、深い苦しみを知ることのできない他者が、何を言っても、それは空疎な言葉にしかならない。だから英介は、早希子の独白をだまって聞きとろうとする。

「いちばん悲しかった、絶望しそうになったのは、そんな羽振りのいい、けれども人としては最低の人格だと思った人が、父の会社のもと部下だとわかった時。その時は、とても冷静ではいられなかった・・・。マネージャーにわけを話して、その席からは外させてもらったけど、そうでなかったら、自分がどうなっていたかわからないわ。」

早希子はそこで、一度言葉を切った。そして大きく息を吸いこむと、今度は消え入るような細い声で、言葉をつなぎ出した。

「こわかったのよ、日本に来るのが。日本に帰って、あなたに会うこと、それがわたしの唯一の希望だったのは、間違いないけれど、その日本で、おなじような現実を見てしまったら、わたしにはもう、どこにも行くところがない・・・。それがこわかったの。」

早希子は一度英介の目に焦点を合わせると、すぐに視線を落とした。英介の口から、ずっと早希子のために考えつづけ、またその時をはかりつづけて来た言葉が、自然にあふれ出した。

「早希ちゃん、いや、早希子・・・。僕は君に、このままずっと日本で暮らして欲しい、そう思っている。もちろん、君の気持ちは、僕なりに少しずつ、理解して来たつもりだ。だが、ほかにどんなことがあっても、僕と君が二人で生きて行く、それ以上に僕たちのためにいいことは、ないと思う。君にとって、この日本は、いやこの僕は、帰って来るべきふるさとに、なれないだろうか。」

早希子は少しだけ、顔を上げた。だが平生強い意志の光を見せているその瞳は、弱々しく伏せられ、何かに怯えているように受けとれる。英介は、これまでの自分の覚悟が試されるのは今だと思い、また現在自分が持っているものをすべてなげうってでも、早希子を守ってやりたいと感じていた。言葉にも、おのずと力が入った。

「僕たちの、いや、僕のことなんかいいんだ。君の苦しみがうすれて、君が昔のように輝いて生きてゆくためになら、僕は、どんなことだってできる。たしかに今、日本は国内でも、何かと威勢がいいけど、でも日本という国の本質は変わらないと、僕は思う。きっと君も、こっちでの暮らしに戻れば、だんだんもとの気持ちに、戻れるんじゃないだろうか。もちろん僕は、そのために僕のすべてを懸ける。早希子、どうか僕を、信じて欲しい。」

早希子は英介の言葉を聞き終えると、海のおもてに見入りながら、ぽつりぽつりと語り出した。

「ほんとうのところは、まだわからない・・・。でも、こんなに美しい海や山や、田んぼがあって、そして何より、英介さん、あなたがそばにいてくれるなら・・・。もしかしたら、わたし、やっていけるかも知れない・・・。」

英介は、何も言わずに、強くうなずいた。早希子はようやく目を上げて、英介と海とを見くらべるようにしながら、しずかにつづけた。

「父も母も、向こうを発つ前の晩に言ってくれたわ。早希子にはかわいそうなことをした、だから日本に帰って、いい方向が見つかるなら、好きなようにすればいいって。」

英介は、自分自身の一番底の方から、愛する者を守るためのとめどない力が湧いてくるのを感じた。それは眼前の海が、ずっと英介をささえてくれたこの三陸の海の力が、与えてくれるようにも思われた。考えぬいて来たのではない、自然な思いが、しずかな力とともにつむぎ出された。

「このみちのくの・・・三陸の海が、君を待つ心を育ててくれた。君がいるはずのアメリカにつながる海、この海こそが、君を待ちつづける強さを、はぐくんでくれたんだ。ほんとうは、君を連れて行きたい場所が、ほかにもたくさんある。だけど今日、君と二人で来るのには、この志津川の海が、一番ふさわしいと思ったんだ・・・。」

ひと呼吸おいて、英介は早希子を見つめ直し、それからゆっくりと、言葉をつないだ。

「早希子、この海を見てほしい。この志津川湾は、とてもおだやかな表情をしているだろう。もちろん、強い波に洗われることもあるはずだ。海の持つきびしさから、ここだけが例外などということは、あり得ない。でも、この海の姿こそが、僕が君を迎えるために、いちばんふさわしい場所なんだと、はじめてここへ来た時から思っていた。」

海からの風が、早希子の髪をなびかせる。彼女は風の動きが髪を遊ばせるのにまかせたまま、だまって英介の言葉を聞いている。

「僕は、この志津川の海のように、おだやかに君を迎えたい。だから今日、ここへ、君と二人で来たかったんだ。八年前には言えなかったけど、僕はいま、あの時と変わらない、いやもっと強い、たしかな気持ちで、君に言おう。早希子、もう二度と、君を手放したりしない。何があっても、ずっと二人で、生きて行こう。たとえどんなことがあろうとも。」

早希子は英介の方に向き直り、まっすぐにその目を見つめた。黒目がちな早希子の瞳の中でもつねに漆黒に澄みとおり、しずかにものごとを見つめている中心の部分が、一度収縮したのちに、大きくひらかれた。その瞳はいよいよ黒く澄みわたり、涙こそこぼさないものの、ただ英介だけを見つめている。そして早希子は、体ごと英介の胸にとびこんで、顔をうずめた。さらにひくい声でひと言ずつ、言葉をふりしぼった。

「帰って来て、よかった・・・。この日本に・・・。ううん、あなたのところに・・・。」

いつしか早希子の体が、小きざみにふるえ出していた。英介は、そのほそい肩をかたく抱き、いく度もうなずいた。

志津川の海は午後の日ざしをやわらかく照りかえし、二人をつつんでいる。海というものの果て知れぬ大きさ、その秘めたる力のすべてが、人間の営みを肯《がえ》んじているように思われる。その深い慈しみは、英介と早希子の長い年月の彷徨をいたわり、そして静かになぐさめているようであった。

完

(注1)・・・北陸本線には交直両用の四一九系、また九州には交流用の七一五系が配備されました。東北本線など仙台地区を走っていたのは、七一五系一〇〇〇番台です。

(注2)・・・鉄道に関する専門用語としては、「汽笛」は蒸気機関車が蒸気によって吹き

鳴らす注意喚起音（とその仕組み）を指し、電車、気動車、電気機関車、ディーゼル機関車のそれは、「警笛」というようです。小説においては、厳格にこの区分に従うよりは、情況に応じて書き分けることを旨としたいです。

（注3）・・・東北本線は、当初利府駅から北進する「山線」がルートでしたが、太平洋戦争中の昭和一九（一九四四）年に、軍事輸送強化の目的から、勾配をゆるめた、現在のルートとなる「海線」が建設されました（東海道本線垂井‐関ヶ原間の新線も、同じ理由で同時期に建設されています）。のち昭和三七（一九六二）年に、利府以北の「山線」は廃止され、「海線」が東北本線の単一のルートとなりましたが、利府までの旧線は存続しました。

（注4）・・・現在の国府多賀城駅は、平成一三（二〇〇一）年の開業です。なお「海線」の開通までは、陸前山王駅が旧塩釜線で「多賀城前」駅を名乗っていたといいます。

（注5）・・・東北本線ほか東日本の鉄道各線は、当初華族などの出資で設立された「日本鉄道」によって多く建設され、のち明治三九年（一九〇六）年、「鉄道国有法」に基づき国有化されたものです。

（注6）・・・古く駅弁には、土瓶のお茶がついていました。形だけを似せたプラスチックの容器は、ビニール臭がしてお茶がまずいとか、高温のお茶を注いだときに有害な成分が溶け出すのではないか、などと言われ、不評でした。その容器も、ペットボトルに駆逐さ

れてから、だいぶ経ちます。

（注7）・・・東海道本線の茅ヶ崎から横浜線の橋本を結ぶ相模線は、平成三（一九九一）年に電化されました。昭和五九（一九八四）年までは、寒川‐西寒川間に支線が存在しました。

（注8）・・・「島式ホーム」は、プラットホームの両側に線路があり、通常はその両側が乗り場になっている形式のホームのことを言います。志津川駅は、旅客列車の行き違いは二番線を中線とする三線式であり、下りホーム外側の線は留置線であったかと思われます。

（注9）・・・「ジャパン・アズ・ナンバーワン」という言葉そのものは、昭和五四（一九七九）年にアメリカの社会学者が日本型経営を称えて使った言葉でしたが、日本人自身がその言葉を口にする時、そのひびきは決して快いものではなかったと思います。

発表時付記一覧

〈時きざむ海〉　『Ｗｅｂ頌』第二号　二〇一二年一〇月七日

付記一・　本作品は東日本大震災で寸断された三陸沿岸の各鉄道線、および諸地域とその地の方々に対する昔日の報恩の意を込め、「鉄路よ永遠なれ」の構想のもとに企図する連作の第一作として、執筆したものです。改めて、犠牲となられた方々に哀悼の意を表したいと思います。

二・　鉄道に関する記述は、あえて詳細に踏み込まず、「鉄道好きな一青年」の旅における想念の範疇で、書いてあります。例えば仙石線がもと私鉄の宮城電鐵であったことは著名なことですし、車体だけ一〇三系の七二系についても、載せられていたのは一〇三系のいわゆる「高窓車」の車体でしたから、一〇一系を想起するのは的外れかもしれませんが、中央線の沿線で育った者の感覚としては、当時大きな区別をしていなかったことに、少しこだわっています。

三・　「しおがま」の地名は、ふるく「塩竈」であり、現在も「塩竈市」はこの字を用いています。が、国鉄（現ＪＲ）ではある時点ですべての該当駅が「釜」

の字になったため、作品中の表記もその通りとしました。

〈ゆくりなき会い〉　『Ｗｅｂ頌』第三号　二〇一三年四月六日

付記一．本作品で描写しているのは、一九八〇年代前半の野蒜‐女川間です。その後、石巻線の渡波‐沢田間には万石浦駅が開業し、石巻線と仙石線の石巻駅も統合されました。ササニシキも一九九三年の冷害以降、栽培状況は大きく変わっています。

二．東日本大震災で大きな被害を受けた仙石線、石巻線ですが、本年三月一六日より、石巻線渡波‐浦宿《うらしゅく》（女川のひとつ手前、万石浦の北東端に臨む駅）間の運転が再開されました。また三陸鉄道南リアス線盛‐吉浜間も、四月三日に運転再開が成りました。各線の復旧を心よりお祝いしつつ、引き続きこの『鉄路よ永遠なれ』（当時予定していた統一タイトル名）の連作執筆を誓うものです（Ｗｅｂ頌第二号『時きざむ海』より執筆を開始）。

〈山の果てに海ありて‐釜石〉　『Ｗｅｂ頌』第四号　二〇一三年一〇月一〇日

付記　本作は、東日本大震災で深甚な被害を受けた三陸沿岸の諸地域の犠牲者を悼み、復旧と復興、とりわけ沿岸の鉄道線の完全復旧の一助になれば、という意図のもとに、『鉄路よ永遠なれ』を統一テーマとし、連作として執筆公開している作品の第三作です。作品の冒頭に記した通り、作品中の情景は昭和六〇（一九八五）年当時の花巻－釜石間と、釜石市街の様子であります。ウイキペディアをはじめ、当時の状況の確認などのため、Ｗｅｂ上で特に深いご教示をいただいたサイトの名称を、（注）のあとに一覧とさせていただきます。

付記

〈春を呼ぶ風〉　『Ｗｅｂ頌』第五号　二〇一四年四月七日

本作は、東日本大震災で深甚な被害を受けた三陸沿岸の諸地域の犠牲者を悼み、復旧と復興、とりわけ沿岸の鉄道線の完全復旧の一助になれば、という意図のもとに、『鉄路よ永遠なれ』を統一テーマとし、連作として執筆公開している作品の第四作です。前作につづき、作品中の描写は昭和六〇（一九八五）年当時の大槌（浪板／現浪板海岸）－宮古－田老の様子です。奇しくも脱稿の日（四月六日）に、三陸鉄道北リアス線が全線復旧し、前日の南リアス線とあわせて、同鉄道の全線復旧が成りました。関係各位の筆舌に尽くしがたいご努力に、敬意を表します。そして改めて幾重にも、犠牲となられた方々のご冥福を、お祈り致します。

〈真直ぐなる意志〉　『Ｗｅｂ頌』第六号　二〇一四年一〇月六日

付記

本作は、東日本大震災で深甚な被害を受けた三陸沿岸の諸地域の犠牲者を悼み、復旧と復興、とりわけ沿岸の鉄道線の完全復旧の一助になれば、という意図のもとに、『鉄路よ永遠なれ』を統一テーマとし、連作として執筆公開している作品の第五作です。作品中の描写は、国鉄がＪＲに移行する直前、昭和六十二（一九八七）年二月ごろの釜石‐盛‐陸前高田‐気仙沼と、唐桑半島についてのものです。三陸鉄道北リアス線、南リアス線の全線復旧は真に喜ばしいことでしたが、かつて私自身がより緊密になじんだ路線であり、大きく異なる状況下に置かれている気仙沼線、大船渡線の今後に関しては、軽率な言上げができません。今はただ沿線の方々の日々の生活が、少しでも早く常態に復することを、願うのみです。また改めて幾重にも、犠牲となられた方々のご冥福を、お祈り致します。三陸の土地と鉄道への報恩を志すこの連作を、次回もう一作、書かせていただきたいと思います。

〈志津川の海〉　『Ｗｅｂ頌』第七号　二〇一五年四月六日

付記

平成二四（二〇一二）年十月発行の『Ｗｅｂ頌第2号』より、六回にわたって書き継いできた短編連作「鉄路よ永遠なれ」を、本作にて完結とさせていただきます。

三陸沿岸の鉄道線の復旧ということで言えば、ちょうど小牛田から志津川へ向かうくだりを書いている三月二一日に、石巻線が終点の女川まで全線開通し、また第一作、第二作で描いた仙石線も、間もなくの全線運転再開が、決まっています。今年復旧の両区間は、いずれも地盤のかさ上げがなされ、移設のための新駅・新線建設が行なわれました。被害の大きさと、復旧への労苦を思う時、軽率な言上げはできませんが、鉄道線が、住む人の生活を保証し旅をゆたかにしてくれることの大きな恵みを知る者として、やはり鉄路は能う限り保たれて欲しいものと、表明しつづけるつもりです。

そして本作のラストの舞台とさせていただいた「志津川」は、南三陸町の防災対策庁舎があった、中心地です。気仙沼線の車窓の中でも、大谷（のち大谷海岸）から志津川にかけての海、とくに志津川湾の風光は、かつてそれを目にした日から三十年の年月を経て今なお、まなうらから消えることがありません。

その志津川で、平成二三（二〇一一）年三月一一日の津波の際、防災対策庁舎から避難を呼びかけつづけ、ご自身は避難しきれず亡くなられた、南三陸町の職員の方がおられました。そのことを思うとき、志津川の海を描くにあたっては、おのずと、英介と早希子の心が深く通いあう結末が選びとられました。

改めて、東日本大震災で亡くなられた多くの方々を悼みます。そして本作が、一人でも多くの方の魂を慰藉できるよう、願うものです。

宮戸島・月浜

現在保存されている旧野蒜駅

仙石線を走るSL牽引の工事列車＜写真：眞船直樹＞

3月11日の3353S列車の留置車輌＜写真：眞船直樹＞

女川港

万石浦

志津川へ向かう BRT のバス

南三陸町防災対策庁舎

現在の志津川駅あと①

現在の志津川駅あと②

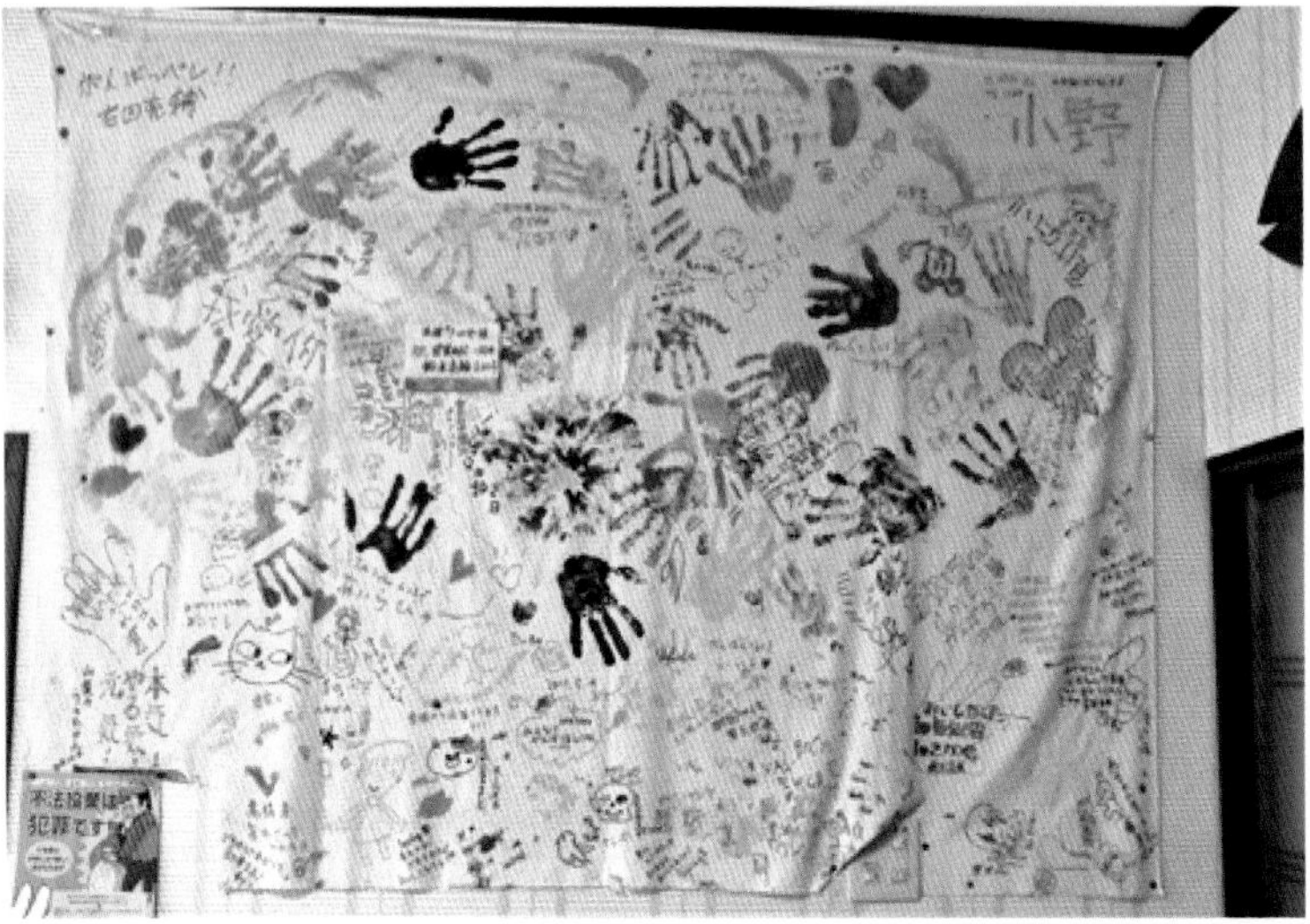

民宿さかや 手形

民宿さかや 津波高さ（中央上方の白い板の上辺まで達した）

民宿さかや 玄関

民宿さかや 常夜燈

現 陸前高田駅 (BRT)

高田松原津波復興祈念公園からの海

奇跡の一本松 (2020.9.27)

盛 駅

盛駅構内(車輌は BRT のバス)

第二大橋トンネルを行く列車

往時の陸中大橋＜写真：藤枝 宏＞

釜石の町、1978 年＜写真：藤枝 宏＞

釜石駅西方、釜石線とリアス線の並列部分

リアス線豊間根－陸中山田間

津軽石川の堤防

閉伊川橋梁

現田老駅 駅入り口側から＜写真・宮古市＞

田老 防潮堤① ＜写真：宮古市＞

田老 防潮堤② ＜写真：宮古市＞

震災遺構たろう観光ホテル＜写真：宮古市＞

志津川湾（荒島）

見返し、口絵および表紙写真解説　※写真提供者（提供元）の記述がないものは著者撮影

表見返し　旧　仙台駅仙石線ホーム［写真提供：眞船直樹］

一九七七（昭和五二）年九月。現在は始発あおば通り駅から直通で新幹線・東北本線主体の仙台駅をくぐり抜ける形の地下駅となっている仙石線仙台駅ホームだが、『たまきはる海のいのちを‐三陸の鉄路よ永遠に』（以下本書または本文等）の中で英介がたずねた昭和のころは、仙台駅東側の行き止まり式のホームだった（そのホームができる前の宮城電鐵時代は、国鉄仙台駅をやはりトンネルでくぐって、西口に終点の仙台駅があったという）。停車しているのは高城町行き一六五一Mモハ72系更新車仙リハ。

口絵まえ1ページ上　仙石線72系改造型電車［写真提供：眞船直樹］

「国電」の103系と同じ車体を72系電車の足回りに載せた、仙石線用の通勤型電車。昭和の終わりには、仙石線を代表する車輌だった。仙台駅仙石線ホーム2番線に到着した快速仙台行き一六三二M、モハ72系更新車仙リハ。一九七七（昭和五二）年九月。

口絵まえ1ページ下　仙石線72系旧型電車［写真提供：眞船直樹］

一九七八（昭和五三）年一月、本塩釜駅を発車したあとの石巻行きモハ72系仙リハ。鹽竈(しおがま)神社初詣のため人出が多い。一九八一（昭和五六）年一一月に現在地へ移転する前の旧駅、旧線時代である。「仙リハ」は仙台鉄道管理局陸前原ノ町電車区の略号。

口絵まえ2ページ上　現野蒜駅

震災後、かさ上げされた内陸側に移設された現在の野蒜駅。口絵あと二一三ページの「現在保存されている旧野蒜駅」で、旧駅から見た位置関係がわかる。列車交換がない時は上下列車とも2番線を利用するようで、写真は石巻行き九二一S。

口絵まえ2ページ下　旧　石巻駅（「電車駅」）［写真提供：眞船直樹］

現在の石巻駅は、ひとつの駅舎・改札口から石巻線、仙石線（仙石東北ライン）に分かれて進んだ上で乗車する形になっているが、二〇一五（平成二七）年までは、石巻線、仙石線の各線ごとに別々の改札口と駅舎があり、ホームも離れていた。地元の人は、石巻線の駅を汽車駅、仙石線の駅を電車駅と呼び分けたと聞く。「電車駅」は、宮城電鐵がここまで開通させ、営業した歴史による。この駅舎も、その歴史を物語っている。

口絵まえ3ページ上　旧　石巻駅（「汽車駅」）［写真提供：眞船直樹］

前項でご紹介した通り、「汽車駅」と呼ばれた石巻線の側の駅。やはり「国鉄」の、重厚なおもむきがただよう。次項の現石巻駅は、この駅舎を引き継いでいるようだ。

口絵まえ3ページ下　現　石巻駅

汽車駅（石巻線駅）、電車駅（仙石線駅）と分けて呼ばれていた時代の汽車駅をもとにした現在の石巻駅。『サイボーグ009』の003、002の姿があるのは、原作者石ノ森章太郎氏が近くの旧登米郡石森《いしのもり》町（現登米市）のご出身であり、石巻市内に「石ノ森萬画館」もあるためだろう。

口絵まえ4ページ上　万石浦をゆく急行「おしか」回送［写真提供：眞船直樹］

石巻線沢田‐浦宿間をゆく、年始の臨時急行「おしか」用の回送列車。折り返し女川発上野行きの急行となる。牽引している機関車はタンク式のC11［小］で、白い煙が万石浦に映っている。これらの列車が旧女川駅に到着、発車する時、現代からは想像もつかないような旅情があふれていたのだろうと推察される。一九六八年一月撮影。

口絵まえ4ページ下　現　女川駅

かさ上げされた位置に新設された現在の女川駅。ホームと線路は、どことなく、以前の駅のおもむきを残しているように思われる。旧女川駅へは同じような方向から線路が入って来ており、幅の狭いホームではあったが1、2番線を有する島式ホームだった。

口絵まえ5ページ上　キハ58［写真提供：眞船直樹］

国鉄時代の昭和中期（主として一九六〇年代）、全国に急行列車を増発した際の立役者だった急行型気動車。写真は陸羽東線鳴子‐中山平間をゆく七一一D急行「千秋1号」・「もがみ」、一九七七（昭和五二）年一二月三一日。一九六三年生まれの著者の年代では、特急型キハ82系のグリーン車にはその晩年に乗ることができたが、この急行型キハ58系列のグリーン車（キロ58、キロ28など）には乗る機会を持つことができなかったのが、淡い心残りである。

口絵まえ5ページ下　キハ58とキハ21［写真提供：眞船直樹］

大船渡線折壁駅における急行一三二二D「むろね1号」キハ58仙ココと普通列車三二三Dキハ21盛イチ。折壁駅は気仙沼駅から二つ、一ノ関寄りの駅で、普通列車が急行の通過待ちをしている。大船渡線は気仙沼から盛までがBRTに転換して鉄道事業を廃止したが、一ノ関‐気仙沼間は現存している。著者が気仙沼をたずねるようになった頃には、すでに急行列車は走っていなかった。途中になべづる線、政治誘致線として知られる千厩《せんまや》‐摺沢《すりさわ》間の大迂回ルートがある。「仙ココ」は仙台鉄道管理局小牛田運転区、「盛イチ」は盛岡鉄道管理局一ノ関機関区の略号。

口絵まえ6ページ上　小牛田駅［写真提供：眞船直樹］

著者がはじめて訪れた時は、前年すでに東北新幹線が開通していた（一九八二年六月）ため、特急「はつかり」や「やまびこ」が行き交った最盛期を見たことはない。しかし長いホームに広い構内は、東の石巻線、西の陸羽東線からの人の流れを束ねる拠点駅としての貫禄が十分だった。停車しているのはキハ17系の陸羽東線の列車である。

口絵まえ6ページ下　小牛田駅　スハフ42［写真提供：眞船直樹］

小牛田駅に停車している上り普通列車。「スハフ42」という形式番号が読める。「スハフ」の「ス」は37．5トン以上42．5トン未満の車輌の重量、「ハ」は二等客車（一九六〇年六月三〇日までは三等客車）、「フ」は車掌が乗る緩急車を示している（次項「オハ」の「オ」は32．5トン以上37．5トン未満で、一階級軽量）。女子学生たちは朝の通学で、この列車から下りたところであろうか。

口絵まえ7ページ上　青森行き普通列車　オハ35［写真提供：眞船直樹］

著者がはじめて東北を訪れた一九八三（昭和五八）年夏には、まだ仙台発青森行きの客車普通列車が健在で、これらの客車（前項のスハフ42、スハ43なども含む）が現役で使われていた。このオハ35では、「青森」行きのサボは吊り下げられているし、日よけは鎧戸式である。一九七七（昭和五二）年九月、東北本線御堂‐奥中山間をゆく四七列車。「次に来た時は乗ろう」と思っていながら果たせなかった悔いが、昭和の終わりに次々と廃止された赤字ローカル線区のほか、運転系統の短縮で整理された長距離列車のはしばしにも、消えることなく残されている。

口絵まえ7ページ下　足ヶ瀬駅

国鉄釜石線開通以前は、花巻から仙人峠駅まで、岩手軽便鉄道が走っていた。この足ヶ瀬から仙人峠駅へ向かっていたが、釜石までの全通時に足ヶ瀬‐仙人峠間は廃止された。また実際に仙人峠へ到達する前に軽便線は終点となり、向こう側の大橋（陸中大橋）までは、釜石から釜石鉱山鉄道がやって来ていた。往時はその間を、旅客は徒歩で越え、郵便などの荷物はロープウェイのような「索道」を用いて運んだのだという。

口絵まえ8ページ上　鬼ケ沢橋梁

釜石線での「仙人越え」のハイライトの一つ。この写真は、釜石から陸中大橋を経由し、遠野、花巻へと向かう列車の車中から撮影している。列車はこのあと、ほどなく陸中大橋駅に停車し、それから Ω ループとして知られる第二大橋トンネル、第一大橋トンネルを抜け一八〇度方向を変えて、この鉄橋を右から左へと渡って行く（上路トラス橋で、赤い鉄橋の上を列車が通る）。橋梁とこちら側の線路の高度差は、五〇メートルほどもあるようだ。このようにして、花巻と釜石をむすぶ釜石線が建設され、「仙人越え」が果たされた（「仙人越え」の語義については一二二ページの「注1」ご参照）。

口絵まえ8ページ下　かつての釜石駅　［写真提供：フォトライブラリー心象舎　藤枝　宏］

本文中の英介（または著者自身）がはじめて訪れた一九八六（昭和六一）年ごろの釜石駅も、この写真とあまり変わらない様子であった。すなわち駅のすぐ近くに新日鉄釜石製鉄所が威容を誇り、駅自体が製鉄所の一部のような印象さえあった。他の駅なら跨線橋であったり、そうでなくとも鉄道の施設であると思われる駅東方の線路をまたいでいる屋根のついた陸橋が、製鉄所の施設なのだった。駅の向こう側、左手の大渡橋のところに、橋上市場も見える。

口絵まえ9ページ上　現在の釜石駅

二〇二〇九月二七日、釜石駅は静寂の中にあった。四輌編成の快速用列車が音も立てずに待機中。「釜石製鉄所」は、「日本製鉄㈱東日本製鉄所釜石地区」として現存しているが、昭和の頃の威容とは較ぶべくもない。釜石駅も、同じくひっそりとしているように感じられてならない。

口絵まえ9ページ下　釜石港と釜石市街［写真提供：フォトライブラリー心象舎　藤枝　宏］

本作品当時の釜石市街を、作中で英介が身を置いた釜石港をも含めてとらえている。「山と海が町を育み、鉄と魚が町を支えている、活気にあふれた釜石である。」という印象のままの見事な写真である。

口絵まえ10ページ上　釜石駅　三陸鉄道盛行き列車

宮古から乗って来た盛行きの列車が、しずかに発車して行った。行く手に大きなトラスの鉄橋があり、以前はそのあたりに製鉄所へ石炭を運ぶ跨線橋があった。この釜石からの列車が盛に到着すると、かつては大船渡線の列車が気仙沼まで足をつないだ。

口絵まえ10ページ下　浪板海岸

本文中に書いた通り、この海岸に打ち寄せる波は粗い砂に吸いこまれ、引き波がほとんどなく、片寄せ波と呼ばれていた。東日本大震災の津波によりその砂もさらわれてしまい、片寄せ波も見られなくなったという。砂浜を再生する営みがつづけられている。

口絵まえ11ページ上　宮古駅

国鉄時代は市内の磯鶏《そけい》駅の手前からラサ工業宮古工場専用線が分かれていたという宮古だが（『ノスタルジックトレインＮｏ．４』「奥の細道　列車旅」眞船直樹　より）、二〇二〇年、令和二年の今日、そのおもかげを偲ぶことはできなかった。著者の乗る列車が発車する六分前、盛岡行きの臨時快速「さんりくトレイン宮古」八六四〇Dが反対方向へ発車して行った。

口絵まえ11ページ下　現　田老駅［写真提供：岩手県宮古市］

長く田老駅は、宮古から三駅で宮古線の終点となる、盲腸線の末端だった。それが三陸鉄道北リアス線の開業で、久慈から普代まで開通していた久慈線とつながり、同時に開業した南リアス線とともに、三陸縦貫鉄道の全通が果たされたのである。今も防潮堤は見えるが、その間の土地は造成中のようである。

口絵まえ12ページ上　旧　陸前高田駅［写真提供：岩手県陸前高田市］

鉄道の大船渡線時代の陸前高田駅。本文中に書いた通り、跨線橋はなく、構内踏切で気仙沼方面の二番線と、一番線および改札口・駅舎とを結んでいた。開業当時からのおもむきのある木造駅舎だったが、震災当日の津波で全壊した。現在はかさ上げされた場所にあるBRT陸前高田駅に、この駅舎を模した駅舎が建てられている。

口絵まえ12ページ下　かつての高田松原［写真提供：有限会社高田活版］

江戸時代に植林が開始され、計七万本の松が植えられていると言われた松原は、日本百景の一つに選ばれた美しい景観ばかりでなく防潮林として明治三陸津波、昭和三陸津波、チリ地震津波に際しても、陸前高田の町を守ったという。しかし東日本大震災の津波では、松たちが根こそぎさらわれて、陸前高田市も第一報で「壊滅状態」と伝えられる被害を被った。松原再生のための植林が、高田松原津波復興祈念公園の堤防の内外ですすめられている。

口絵まえ13ページ上　巨釜《おがま》　折石

唐桑半島の名勝巨釜・半造のうち巨釜の折石。明治三陸津波の際に先端部分が折れたことから、この名になったという。波は激しく打ち寄せるが、海の水はいつも美しく澄んでおり、水沫《みなわ》の中に永遠なるものを感じさせる。

口絵まえ13ページ下　気仙沼線陸前戸倉-志津川間をゆく列車［写真提供：眞船直樹］

一九七七（昭和五二）年一二月一一日、気仙沼線全線開業の日の陸前戸倉-志津川間をゆく気仙沼線開通祝賀臨時列車九九二七Dキハ22盛イチ。右手に志津川湾が、その奥の沿岸に志津川の町が見える。

口絵まえ14ページ上　気仙沼線全線開業日の気仙沼駅［写真提供：眞船直樹］

前項と同日、柳津-本吉間が開通し、気仙沼線が前谷地まで全線開業した際の気仙沼駅でのテープカット(出発式)。列車は三九二四D快速仙台行きで、先頭車はキハ26形400番台盛イチ。キロ25の格下げ車でリクライニングシートを装備していた。気仙沼からは本吉までが先行開業して気仙沼線を名乗っていたが、この開業により、この列車は5ページ下の急行「むろね1号」の四〇分後に発車して仙台には三〇分後に着いたという。

気仙沼の人々にとっても全線開業は大きな喜びだったと思われる。

口絵まえ14ページ下　開業日の気仙沼線［写真提供：眞船直樹］

一九七七（昭和五二）年一二月一一日の開業日、志津川湾沿いをゆく三九二六D小牛田行きキハ45、17系仙《ココ》。列車に手を振る女性のしぐさが、明るい夢のある未来をさし招いているように思われる。列車の編成も四輌ほどあるようだ。

口絵まえ15ページ上　志津川駅①［写真提供：眞船直樹］

同じく気仙沼線（柳津 - 本吉間、すなわち全線）および志津川駅の開業日。裏見返しの通り、二面の島式ホームを祝賀の人々が埋め尽くしているが、まだ整備途上と思われる駅前にも、町の人たちがおおぜい詰めかけている。

口絵まえ15ページ下　志津川駅②［写真提供：眞船直樹］

著者がはじめて気仙沼へ行った時の帰路、気仙沼線で前谷地へ出て、小牛田回りで仙台へと向かう際、強く印象に残ったのが、この志津川駅と、前後の区間で車窓にひろがる志津川湾だった。晴れがましい祝賀臨時列車の九九二六Dキハ22盛《イチ》。

口絵まえ16ページ上　志津川湾

旧志津川市街に入るあたり、いよいよ志津川を訪れる著者を迎えてくれた海の様子。かつての町とは異なる場所が待ち受けているという緊張に、身が引き緊まるのを覚えた。

口絵まえ16ページ下　志津川湾（祈りの丘）

かさ上げされ整地された南三陸町震災復興祈念公園のいただきに、震災で亡くなられた方たちを悼むために「名簿安置の碑」が整えられており、「祈りの丘」と名づけられている。碑面には「いま、碧き海に祈る／愛するあなた／安らかなれと」と刻まれている。

口絵あと213ページ上　宮戸島・月浜

奥松島と通称される宮戸島は、かつては野蒜駅から路線バスがあったが、一九九七年に廃止されたという。しかし大学生には、歩いてたずねるのにちょうど良い距離でもあった。この月浜は海水浴場になっており、美しい海岸が印象的である。

口絵あと213ページ下　現在保存されている旧野蒜駅

東日本大震災当日、野蒜駅から東の石巻方面へ向かった下り列車は高台に停車して難を逃れ、西の仙台方面へ向かった上り列車は乗客を下ろした後だったが津波に押し流されて、明暗を分けた（上り列車の乗客の中には避難先で犠牲になった方もおられた）。野蒜駅は当時の位置で保存されている。中央奥の鞍部に見えるのが現在の野蒜駅。

口絵あと214ページ上　仙石線を走るSL牽引の工事列車［写真提供：眞船直樹］

野蒜‐陸前小野間、一九七四（昭和四九）年一月。蒸気機関車C11［小］がホッパ車を四輌牽引している。写真は冬だが、一帯は一面にササニシキの実る沃野であった。奥の方に鳴瀬川が見える。この付近に震災当日の列車が移動・留置されることとなった。

口絵あと214ページ下　三月一一日の三三五三S列車の留置車輌［写真提供：眞船直樹］

地震発生直前に野蒜駅(海抜二一m六〇㎝)を発車したこの列車は二五パーミルを登って仙台起点三四㎞三〇〇の小高い丘（ＳＬ工事列車の写真右手）にさしかかったところで大きな揺れに見舞われ非常停車した。乗客たちは周囲が黒い濁流に飲まれていくのを呆然と見守るしかなく、電車の中で一夜を明かした。乗客の一人が「この高台にとどまった方が安全だ」と乗務員に進言し、そのため全員の命が守られたという。前後が二五パーミルの坂となっている小さなサミット上の車輌は、転動防止のために二〇一一年四月二八日、陸前小野方に移動され、しばらく留置された。電車のとどまっている場所が、上の写真のＣ11後方に見える踏切の向こう側となる。２０５系Ｍ一六編成。

口絵あと215ページ上　女川港

この女川からは、金華山など離島行きの船便が運航されている。いま目にする船着き場の様子は、往時と変わらないものであるようにも思われる。しかし女川の町もほぼすべてが破壊され、かさ上げされた場所に新設された女川駅からこの港まで、再生された土地に新しい町の施設が広がっている。

口絵あと215ページ下　万石浦

女川から石巻へ向かう石巻線の左手の車窓に、おだやかな内海、万石浦がひろがっている。この水面と外界の太平洋とを区切る陸地の向こう側で、牡鹿半島の付け根にある月の浦から、支倉常長《はせくらつねなが》の一行が船出したのだという。

口絵あと216ページ上　志津川へ向かうBRTのバス

ＢＲＴの走る道路は、旧気仙沼線の軌道敷をバス専用道としたもの。この先右へ少しカーブして、本文「六．志津川の海」一九二～一九三ページに書かれている「長いトンネル（横山トンネル）」をくぐり抜け、陸前戸倉を経て志津川へと向かう。

口絵あと216ページ下　南三陸町防災対策庁舎

現在は南三陸町震災復興祈念公園の一角に、ひっそりとたたずんでいる。旧南三陸町役場に隣接しており、「防災対策庁舎」として機能していたことから、震災当日は多くの方がここに避難して、命を落とされたという。そして町の防災課の職員として避難を呼びかけつづけた職員の方々も、犠牲になられた。二〇三一年(令和一三年)までの保存が、今は決まっているのだという。

口絵あと217ページ上　現在の志津川駅あと①

南三陸町震災復興祈念公園の一角に残されている旧気仙沼線志津川駅あと。中央を横切る道路の前後がホームだった部分である。前谷地方面から走って来たのであろう路盤が認められる。二〇二〇年九月二六日。

口絵あと217ページ下　現在の志津川駅あと②

ホームから一度階段を下りて、改札口へ出てくる通路だった部分だろう。裏見返しに見る一九七七（昭和五二）年一二月一一日の開業の日から三十三年間、どれだけの人がここを通って暮らしを営み、夢を紡いだことだろう。二〇二〇年九月二六日。

口絵あと218ページ上　民宿さかや　手形

二〇二〇年九月二六日に、取材行で一晩お世話になった気仙沼市唐桑、大理石海岸の民宿「さかや」さんのロビーにて。「さかや」さんも津波の大きな被害を受け、民宿の建物は一階がほとんど水に漬かった状態だったと聞いた。震災後ほどなくして、ボランティアの方たちが建物や備品の復旧を手伝ってくれ、解散する時、みなさんが手形を残して行ったのだという。建物の中にも備品にも、ボランティアの人手が残した「復興」のあとが多く見られた。

口絵あと218ページ下　民宿さかや　津波高さ（中央上方の白い板の上辺まで達した）

キャプションの通り、非常口の上、縁側の高窓の高さまで、津波が押し寄せたのだという。一階の食堂など、天井近くまで水に漬かり、泥を掻き出すところから再生をすすめられた。その食堂で、朝食の時に女将さんが震災のことを聞かせて下さった。

口絵あと219ページ上　民宿さかや　玄関

「さかや」さんの玄関。一緒に写っている友人とは、かれこれ四十年の付き合いになるが、大学卒業後、彼が気仙沼に赴任したことから、著者と三陸との付き合いが深まることとなった。この写真と次の常夜燈の二枚は女将さんに撮っていただいた。

口絵あと219ページ下　民宿さかや　常夜燈

国道四五号線から岩井沢漁港をめざして行くと、すぐ手前でこの常夜燈が迎えてくれる。右手奥に見えているのが岩井沢漁港で、林の奥の方が、方角としては唐桑半島巨釜・半造となる。

口絵あと220ページ上　現　陸前高田駅（BRT）

陸前高田市街のあった平地は津波によってすべてが流され、かさ上げされた現在の市域には、ところどころに大型の施設が点在しているばかりのように見える。駅舎は津波で全壊した鉄道時代の駅舎を模して造られているほか、「みどりの窓口」も営業している。

口絵あと220ページ下　高田松原津波復興祈念公園からの海

二〇二〇年九月二七日朝、唐桑からたどりついた高田松原津波復興祈念公園は、開園四〇分ほど前だった。上段の現陸前高田駅をたずねたあと、入園して、堤防の上から、「高田松原」の海を撮影した。松原再生のために植えられた松の若木が見える。

口絵あと221ページ　奇跡の一本松（二〇二〇．九．二七）

東日本大震災の津波は、江戸時代以来三百年以上にわたって陸前高田市街を守って来た七万本と言われる高田松原の松並木を根こそぎさらったが、この松だけがただ一本生き残り、「奇跡の一本松」として称えられた。その後一度は枯死し、保存のための処置を施されて、もとあった場所に植え直されている。二〇二〇年九月二七日撮影。

口絵あと222ページ上　盛　駅

かつての大船渡線の終着駅であり、盛線（一九八四年四月一日からは三陸鉄道南リアス線＝現リアス線）との接続駅であった。現在はＢＲＴの終点であり、駅舎は鉄道時代のものが使われている。左に三陸鉄道の駅舎がある。また貨物専用の岩手開発鉄道も乗り入れており、一九九二年までは旅客輸送も行なっていた。

口絵あと222ページ下　盛駅構内（車輌はBRT）

ＢＲＴ盛駅に入ったところ。二〇二〇年秋、秋刀魚は不漁、漁期の遅れが深刻な話題となった。「笑顔をつなぐ・・・ずっと」の「ずっと」が「サンマが美味い」にかかるように思われてならないこの数年である。車輌は気仙沼行きＢＲＴのバス。

口絵あと223ページ上　第二大橋トンネルを行く列車

釜石発花巻行きのキハ100系車輌の二輌目から車内前方を撮ったもの。連結部から前方の車輌を見ると、大きく左にカーブしていることがおわかりいただけることと思う。

Ωループを列車内で実感した一枚。

口絵あと223ページ下　往時の陸中大橋［写真提供：フォトライブラリー心象舎　藤枝　宏］

釜石線での仙人越え（土倉トンネル経由）にのぞむ釜石市内最後の駅、陸中大橋駅は、今でこそ山中の無人駅となっているが、かつては釜石鉱山からの鉄鉱石を積み出し、従業員社宅（鉱山住宅）も立ち並ぶひとつの町であり、急行列車も停車した。

口絵あと224ページ上　釜石の町、1978年［写真提供：フォトライブラリー心象舎　藤枝　宏］

橋上市場のあった大渡橋で甲子川を渡り、市街地へ入るところ。右手に「デパート」（中央デパート）の文字が見える。釜石はひところ岩手県第二位の人口規模を誇り、町も活況をきわめていたのだという。

口絵あと224ページ下　釜石駅西方、釜石線とリアス線（旧山田線）の並列部分

宮古からのリアス線列車が釜石駅に到着する直前、甲子川を渡ったところ。一見複線に見えるが、釜石線とリアス線の単線並列部分である。鉄橋のところですでに高度差が生じはじめている。右側の線路がリアス線で、数百メートル先まで行くと右にカーブして北上してゆく。左が釜石線。相互に行き来ができる配線となっている。

口絵あと225ページ上　リアス線豊間根 - 陸中山田間

三陸鉄道リアス線（旧ＪＲ山田線）豊間根 - 陸中山田間。カーブは非常に急であるし、勾配もなかなかのものだ。このような地形に鉄道を敷くことがいかに困難だったか、また保線、運転の労苦もいかほどか、三陸の鉄道で旅する時、いつも思わずにいられない。

口絵あと225ページ下　津軽石川の堤防

鮭が遡上する、全国でも有数の川として知られる津軽石川。次ページ上の写真の閉伊川の河口付近は、震災当時堤防を越える黒い波に乗用車が押し流される映像が、繰り返し配信された。このあたりも津波の被害は同様に大きかったのではないだろうか。

口絵あと226ページ上　閉伊《へい》川橋梁

二〇一九（平成三一）年三月から三陸鉄道に移管された旧ＪＲ山田線区間を宮古から釜石まで乗車し、列車の最後部より撮影した（二〇二〇年九月二七日、宮古発一四時一三分の盛行き二〇一六Ｄ）。この橋梁も東日本大震災の津波によって一部流失した。宮古（盛岡）寄りの対岸に近いところが、再建された部分だと思われる。

口絵あと226ページ下　現田老駅　駅入り口側から［写真提供：岩手県宮古市］

かつては宮古線の終着駅だった田老駅だが、三陸縦貫鉄道として延長される計画だったから、構造上は通過駅のそれとして作られていた。線路に沿った道を奥の方へ進むと田老の町があり、右手の方に防潮堤や港がある。

口絵あと227ページ上　田老　防潮堤①［写真提供：岩手県宮古市］

明治三陸津波以降、昭和三陸津波、チリ地震津波と津波の到来を重ねて受ける中で、つぎつぎに改修、増設され、町を守って来た防潮堤も、東日本大震災の津波には勝てなかった。この防潮堤の高さが一〇メートルあるのだという。

口絵あと227ページ下　田老　防潮堤②［写真提供：岩手県宮古市］

防潮堤の上部は、避難路を兼ねた歩道になっていた。両側に、海辺の暮らしを営む民家や工場の姿が見える。

口絵あと228ページ上　震災遺構たろう観光ホテル［写真提供：岩手県宮古市］

二〇二〇年九月二六日、二七日の取材行は、友人の案内で大理石海岸の民宿「さかや」さんに一泊し、早出したが、宮古まで北上するのが時間的に限界で、田老までは行くことができなかった。そのため田老の写真五点は、宮古市からご提供いただいた。この場をもって深くお礼を申し上げたい。また「たろう観光ホテル」は六階建ての一、二階が津波で壁面ごとすべて流され、「震災遺構たろう観光ホテル」として保存されている。

口絵あと228ページ下　志津川湾（荒島《あれ》）

かつての志津川駅から町を抜け、海べに行くと、左手にこの荒島が望まれた。本書のラストで英介と早希子がめざして行き、語り交わしたのは、この荒島の手前（画面右手）である。

裏見返し　気仙沼線開業日の志津川駅［写真提供：眞船直樹］

一九七七（昭和五二）年一二月一一日、柳津‐本吉間が開通し、前谷地‐気仙沼間の気仙沼線が全線開業した。その際、志津川駅も開業したのである。島式ホーム2面を埋めつくした人の数、テープカットに臨む方たちの晴れがましい表情から、どれほどこの気仙沼線、志津川駅の開業が待ち望まれていたかがうかがわれる。これが国鉄の最後の地方交通線の新線開業であり、この時柳津‐本吉間の鉄路が結ばれなければ、三陸縦貫鉄道が全通することもまたなかった。

表紙写真　志津川の海　二〇二〇年九月二六日　著者撮影

二〇二〇年九月二六日、二七日は、直前に接近した台風一二号と秋雨前線の影響により、二日間とも曇り一時雨の空模様であった。しかし志津川湾を撮影したこの一枚だけ、曇り空の中にほんのわずかだが青いところを垣間見ることができる。一番遠くに見えるのが歌津崎、右手前の島が野島、左は荒砥崎と思われる。

裏表紙写真　三陸鉄道リアス線岩手船越駅を発車したリアス線宮古行き列車　二〇二〇年九月二七日　著者撮影

三陸鉄道北リアス線、南リアス線の開業で、沿線の長年の悲願であった三陸縦貫鉄道は開通したが、二十七年後の東日本大震災のあと、気仙沼線柳津‐気仙沼間、大船渡線気仙沼‐盛間は鉄道事業廃止の止む無きに至り、BRTに転換した（正式な鉄道事業廃止は二〇二〇年四月一日付）。また旧JR山田線宮古‐釜石間も長期間復旧されることがなかったが、三陸鉄道への経営移管という形で、二〇一九年三月二三日に、それまでの南リアス線と北リアス線をあわせて全通し、盛‐久慈間の三陸鉄道リアス線の中間区間として八年ぶりに運転が再開された。

しかしその直後も二〇一九（令和元）年一〇月の台風一九号の被害により不通区間が生じるなど、三陸鉄道自体も苦難を強いられている。BRT区間を含みながらも現存する三陸縦貫鉄道の担い手として、三陸鉄道の確たる歩みを願うものである。

ブログ抄　二〇一一年三月一一日〜二〇一三年三月一一日

◇平成23年3月11日

マグニチュード8．8、宮城県で震度7を観測した大地震。この日のことは、当日のうちに記しておくべきだろう（午前零時を過ぎ、日付は変わっているが）。

はじめ、カタカタと塾の入口の引き戸が揺れ出した。外で子どもの声がしていたし、風のせいか、あるいはやんちゃな子どもたちが戸口のすぐそばまで来て、ふざけっこでもしているのかと思っていた。

しかしそれにしては、何か変だ。戸はカタカタと揺れているが、子どもの気配がない。いくら風が強くても、こんなに小刻みに、しかも規則正しく扉が音を立てるだろうか。不思議に思って、戸口まで立って行って、開けてみた。やはりそこには子どもの姿もないし、かといって他の異常も認められない。

腑に落ちぬままパソコンデスクの前に戻り、作業をしていると、今度は体に、ゆるやかな振動が伝わってくる。「あ、地震だったのか！」

反射的に戸口へと駆けもどり、まず引き戸を片方全開にして、揺れの様子を確かめていると、はじめは過去にも覚えのある、震度4ぐらいの揺れのように感じられた。ただ不気味なことに、それがだんだん強くなり、幾度も増幅するように激しさを増してゆく。

経験したことのない強さの揺れになると、考えられるのは、「どこまで強くなるのだろう」「いつ終ってくれるのか」ということだけになる。

ビルが揺れていた。もしかしたら、それは自分の足元と、電線などの揺れのために、そう思えただけなのかも知れない。しかしたしかに、自分自身の足元と、周囲の対象物が揺れていたのだ。

これは、おそらく「震度5強」であったと思われる、私の会社での記録に過ぎない（東京都文京区西片2丁目）。東北地方を中心として、深甚な被害に遭われた方々には、能天気に過ぎる記述であることを自覚する。

　それでもこのような事態が起こった時、それをリアルタイムで記述しておくことに、私は自分の物書きとしての定めを感じ、実行しなければならないのだ。

〈二〇一一年三月一二日　言問ねこ塾長日記Ｖｏｌ．三六〉

◇瞑目
　13、14日と休みの予定だったが、計画停電への対応のため、14日午後に出社する。都内ではJRも私鉄・地下鉄も、減便して間引き運転。このような状況では止むを得ないし、会社が無事に営業できることに、ただ感謝しなければならない。
　地震発生から会社に泊まり込み、前回の文章を書いた時には、やはり事態の深甚さが十分に理解できていなかった。翌日帰宅して、新聞・TV等で刻々加わる新情報を見るにつけ、宮城と福島にいる友人たちの安否、また一瞬の津波で命を落とされた方々の恐怖と無念など、さまざまなことが思われて、妻と二人黙すのみだった。

　陸前高田、野蒜、南三陸・・・。二十歳すぎの危うい心をやわらかな陽射しでつつんでくれたなじみ深い土地と、そこに暮らす人々が、あのような惨禍に見舞われたことは、今もって信じがたい。

　やがて、昔日の報恩のために為すべきことは見出されよう。今は日々、自分たちにできることを一つずつ探していくほかないのだろう。

〈二〇一一年三月一四日　言問ねこ塾長日記Ｖｏｌ．三七〉

◇「今日のこの一滴を」

会社にいる間、ＦＭ放送でＮＨＫテレビの音声だけを聞いている。今日の一時ごろ、青森県知事の、絞り出すような訴えを聞いた。

「今日の一滴、この一滴が（ガソリン・軽油・灯油等）、命を守るんだ」

この訴えに耳を傾けよう。東京にいても不安は大きいが、われわれは、いま「命の危機」に直面しているわけではないのだ。

〈二〇一一年三月一六日　言問ねこ塾長日記　通番外〉

◇二週間

誰もが経験したことのない大地震から、ちょうど二週間が経過した。大きすぎる犠牲のいくばくかが明らかになり、まだ目に見えぬさまざまな怖れが、広がりつつある。

その間、多くの悲報が届けられた。いっぽう希望をもたらす知らせも、率から言えばわずかとはいえ、確実に報じられている。どちらの知らせにも、心の奥深くに突き刺さる叫びがある。が、今はまだ、自分の目から見た「記録」のみを綴るべきなのだろう。二週間前の夜には、マグニチュード８．８と記した記述が、そのままになっている。

これはそのまま、訂正せずに残すべきである（これも後日の記録のために残しておくが、あとでマグニチュード９．０と改められたのだ）。今はそのことだけを、ここに記しておく。

〈二〇一一年三月二六日　言問ねこ塾長日記Ｖｏｌ．三八〉

◇私見

少々記述が長くなるが、私見を述べたい。

仙台の友人から葉書が届いた。ようやく水道と電気が復旧し、後はガスの復旧とガソリンの供給が待たれると言う。一週間は完全な停電が続き、真っ暗闇の中で過ごしたそうだ。

三週間が経過し、被災地や周辺、あるいは国内全体の状況も変化の度を増している。直接の被災地の惨状に関しては軽率な言を洩らせないが、周辺部の様子を見ていると、疑問に思い、また声を上げなければと感じることも多い。福島県内の第一原発２０－３０キロ圏とその周縁部に位置する自治体への風評被害は最たるものであろう。

いっぽう、報道の表面に出る出ないの差が大きくて、しかし影響から言えば大きな違いはないと考えられる、福島第一原発の損壊に起因する他の産業のダメージも深刻だ。

誤解のないよう、先立って述べておくが、「福島県産」を筆頭に、「〇〇県産」の表示のゆえに出荷停止の措置に遭い、丹精こめた産物を出荷できない農業者の方の嘆きと怒りは、筆舌に尽くしがたいものだと感じている。そしてそのために、自ら命を絶つ方があったことは、当初から予測しえたことでもあり、国の最初期の対応のまずさを指摘しないわけにはいかないだろう。さらに、今後同様の痛ましい事例を招かぬよう、為政者には最小単位の大きな不幸にまで、きちんと思いを及ぼす配慮を求める必要がある。

メディアでは、緊急性の高い内容、国民全体のために必要とされる内容、そして被災地の差し迫った現況が、報道されやすい。これはある面、当然のことだろう。国民全体のためと言えば、復興支援法の策定に加え、復興費用の財源としての増税（と国債の日銀買取）について、政府の方向性が示され始めている。

いま、国の全体を立て直すために、「自分たちにできる少しずつの努力を」と感じている国民が大多数であろう。私の塾では、中学生たちに作文を書かせると、「自分にできることはまず節電だ。今後もずっとみんなで続けられるし、続けたい。」という意味のことを書く子が多い。

本当に必要なことならば、大人も子どもも、「みんなで少しずつけずり合い、ゆずり合って、日本を立て直すために力を合わせよう」と思うのだ。それが日本人の国民性だし、あるいは人というものの本性（ほんせい）なのだと考えていいのではないか。だからこそ、不幸にもこの震災で命を失くされた多くの方々、また愛する人を失いながらも生き抜く決意をかたく抱いて苦難に耐えている方々と、幸いにして日々の暮らしを全うできるわれわれが、遠い道の先には同じ希望を共有して、心を通わすことができるのではないだろうか。

ここで言わなければならないことは、巨額の復興関連費用が必要であることは自明としても、それをつくる方法については、やはり社会のすみずみにまで、深く目を配る必要があるべきだということだ。例を見ない災害に直面した国民は、おそらくそれが税負担であれ、真に役立つことのためには理解を示す心を持っているはずである。しかし、税負担をするためには、負担する側にもそれだけの体力が求められる。

地震と津波の直接の被災地とその人々、そして原発による種々の影響を受ける地域と人々のために、「復興費用」が投じられるのは当然だ。だが、その費用をつくる側とて、一様に「震災の影響外」にあるわけではない。先述したように、風評被害という点では原発に近い立地でない地域でも、深刻な経済・産業へのダメージを受けている場所がある。

交通手段のことを抜きにしても、東北地方はほぼ全域が、圏外からの訪問客を受け入れられない状況を余儀なくされているだろう。羽越線経由のアプローチが可能な山形県、秋田県を含めてである。福島県も、会津地方は地震そのものの被害は浜通り、中通りほどには大きくなかったかと思われるが、福島第一原発の影響たるや、いかばかりのものであろうか。

さらに栃木県である那須も、影響は深刻だと聞く。福島県からの避難者が集中したこと、那須の御用邸の浴室が解放されたことなどは報じられたが、東京からほど良い距離の一大観光エリアである那須が、本来の春の観光シーズンのにぎわい時に、一時避難の方たちの姿が引いた後でも、ひっそり静まりかえっているということは、私はメディアの報道では目にしていない。

憂慮すべきは、那須だけでなく、今回の地震の影響を受けた多くの地域で、同じような状況が起きているだろうということである。


地震そのものは天災であり、避け得なかったことである。だがその後のことは、力の及ぶ及ばぬは措き、人の力で変え得ることも多いはずだ。復興費用をつくるため、自分たちも応分の負担をすることに、納得できない国民は多くはないだろう。しかしそのためには、費用を出すための体力づくり、すなわちいま活動しうる産業を生かし、経済の生きた血液である国民一人一人の生活の源を、しっかり守り抜くことが何よりも重要なのだ。そのことなくして、この難局からの国の再生はあり得ない。

福島第一原発の影響を受ける地域を距離的に明示するのであれば、その圏外に対しての影響の有無については、誰かが責任を持って明言すべきである。信じられる根拠に基づき、かつ後世に対してもはっきり責任を負う覚悟を持って。その上でなら、その人物の判断と示す方向に、国民もついてゆくのではないか。

〈二〇一一年四月二日　言問ねこ塾長日記Ｖｏｌ．三九〉

◇私見②

４月７日２３時３２分ごろ、牡鹿半島沖を震源とするマグニチュード７．４の大きな地震があった。その後、死者３名、負傷者２００名以上との被害状況が伝えられる。宮城県栗原市と仙台市宮城野区では、震度６強を観測したという。

品川区の自宅でも、比較的強い揺れを感じた。「今日は地震らしい地震がなかったね」と、妻と話した直後である。

もちろん東京に住んでいるから、ＮＨＫや携帯電話の緊急地震速報が鳴っても、本震の数日後からは、命の危機に直結する怖れが少ない前提で、「緊急」らしいと感じていた範囲の話だ。直接の被災地で、揺れや津波の恐怖を肌身に沁みて感じた人たちにしてみれば、現実感のない空虚な感懐にすぎないことであろう。

「震度６強」の揺れ、マグニチュード７．４の地震というものを、私は今まで一度も経験したことがない。一生経験しない人も、たぶん大勢いるだろう。それほどの大きな「余震」に、あの巨大地震からひと月も経たぬ時点で襲われた人たちの恐怖は、いかばかりであったか。ようやくわずかずつの平静をとり戻し、立ち上がろうとしかけた心を圧し潰すのに、地震はあまりにも暴虐で、無慈悲である。

先般新聞で報じられた政府の「夏の節電策」の中に、「西日本への旅行」という文句があるのを見て、絶句した。新聞見出しで「政府の骨格」とされている中の、一項目である。

社会科の領域に入り恐縮だが、「西日本」とは、ふつう近畿以西、すなわち近畿、中国四国、九州地方のことを指す。ことばのアクセントなどの上からは、中部地方に含まれる石川県、福井県なども「西日本」に近いものがあるのだろうが、一般的には、三重県をも除いた滋賀・奈良・和歌山県以西の土地を、「西日本」と言うのだろう。もっとありていに言ってしまえば、京都・大阪から西のことを、現代の地理感覚では「西日本」というのではあるまいか。

先回の「私見」でも述べたが、今般の震災の被害、とりわけ福島第一原発の影響で、深刻な産業・経済の被害を蒙っている地域がたくさんある。今のところ、その多くは地震の直接の被災地である東北地方と、原発の影響の大きい北関東の諸地域である。

いま国が為すべきことの一端に、これらの地域への直接的な手当てと、風評を減じる呼びかけが必要なことは明白である。被災地の企業からも少しずつ声が上げられているが、被害の大きな地域を助けるため、その原資をつくるために、必要なのは被害の軽微な（もしくはほとんどない）地域の健全な経済活動だ。だから稼働しうる地域の産業は、一日でも早く本来の企業活動に戻ることができるよう、国も地方自治体も全面的に協力していく必要があるはずなのだ。

しかるに、「夏の節電策」として「西日本への旅行」を政府が呼びかけるとは（まだ正式決定ではないのだろうが）、何なのだろう。夏の集客をピークとする甲信地方の最大の集客地は東京周辺であり、そして甲信地方は中部電力管轄だ。おそらく東京電力の供給能力の逼迫から出てきた一案だろうが、お粗末すぎる。国として考えるべきことは、国内の電力を能うかぎり融通するための大きな策を講じることと、震災の影響を受けて混乱する地域のダメージを少しでも軽減することにあるはずだ。そうでなければ、復興費用の調達を主として、日本が立ち直るための力を生み出すことなどできるはずもないからだ。

ほんとうに「西日本への旅行を」などと呼びかけたら、今現在すでに塗炭の苦しみを味わっている東北や北関東の観光業者たちは、どうなるのか。さらに、今回計画停電を実施した東京電力の供給能力とはほとんど関係のない中部電力管轄の甲信地方の観光関連業者までが、大打撃を受けるではないか。そんな時、「なってしまった」後で、困窮した企業を救うことなどできはしない。それは結局、いま苦しんでいる被災地の人々をより一層苦しませ、国としての復興を危うくさせることにほかならないのだ。いま被災していない人々が力を出すことによってしか、必要なものの総体をまかなうことはできないからだ。

国民が本当に納得して必要な負担（もしくは出費）をし、被災地の復興と国全体の再起を図るために、人為的な暴挙は、きびしく制せられるべきであろう。犠牲者の追悼や被災者への支援が最優先であることは言うまでもないが、視線の集まりやすいところだけに目を向けて、目に見えない部分、経済的に困窮する多くの表に出ない部分にまで配慮をすることができなければ、為政者として失格だし、復興という目的も果たせない。それは自治体の長も同じである。

「自粛」「自粛」と口にするのはたやすいが、それで打撃を受ける業者のことに、思いは及んでいるのか。花見の件では、被災地からも「被災地以外では自粛しないで」という声が上がっていた。私はパチンコというものが好きでないが、パチンコ業者も経済の担い手であり（派生的な問題はここでは措く）、生活者である。そして震災直後から、「パチンコ業界にできること」として、節電策を講じるポスターを駅などに掲示して、自助努力に努めている。そのことを知っているのだろうか。自動販売機は、清涼飲料等に限って言えば、それがあることで遠い店舗まで行かずに済む、足の弱い人への恩恵も見出せる。もちろん販売業者の経営、働く人の生活にも、大きなかかわりがある。

個々の政治家への批判が、目的ではない。目立ちやすい、一面的なところばかりに目を向けるのでなく、国全体を下支えする生活者、納税者すべての弱い部分に目を向けることを、求めているのだ。近年の日本の風潮として、目立つところ、共感を得やすいところばかりが注目されるる傾向が強く、そのために真の復興が妨げられてはならないということを、強く念じるからである。

今日で震災発生から、ちょうど一か月。7日の余震を原因とする新たな犠牲者が、朝刊で報じられていた。改めて多大なる犠牲者のご冥福をお祈りする。

〈二〇一一年四月一一日　言問ねこ塾長日記Vol・四〇〉

◇東北新幹線全線運転再開を受けて

昨日、東北新幹線仙台－一ノ関間の運転が再開され、震災の発生以来49日ぶりに東北新幹線が全通するとともに、鹿児島中央から新青森までがはじめて新幹線でつながることとなった。鉄道を愛する者として感慨深いし、また地震で大きな被害を受けた地域が永続的に立ち直って行くことのために、非常に大きな一歩と言えるだろう。

記憶や印象と言うものは、あいまいなものである。新青森延伸と『はやぶさ』の運転開始が3カ月ちがいであり、さらにその一週間後が九州新幹線全通だったためもあるのだが、たしかに地震発生の翌日、式典等を略したひそやかな九州新幹線の進発であったにもかかわらず、昨日初めて「新幹線で鹿児島から青森がつながった」と聞いた時には、「ああ、そうだったか」と、意外な気がしたものである。何となく、本州の北端から九州の南端までの新幹線全通が、既成事実であるかのごとく錯覚していたことになる。

もちろん「錯覚」で済む程度のことだから、そうだったわけで、厳しく、油断なくとらえつづけなければならないことが多い今日（こんにち）だ。塾業界も対応すべきことがらはかなりあり、あっという間に4月が終わってしまった感がある。新年度の一ヶ月が過ぎ、「夏休み」に向かって世の中がどのように動くか、まだ見通せない部分が多いけれど、子どもたちの一年、一ヶ月、そして一日一日は、平時と変わらないように守らなければならない。そしてこの「平成23年」をどのように過ごしたか、そのことがあとで心に残るような「教育」を、学力の向上とともに手渡して行かなければならないと思う。

東北新幹線が全線運転再開されたこの年の4月の終わりに、これからの自らの指針として、以上のことを記しておく。「書いたことの責任」をあいまいにすることは、決して許されぬゆえ。

〈二〇一一年四月三〇日　言問ねこ塾長日記Vol・四一〉

◇『美き酒の思い出』

旅人として、物書きとして、多くの恵みを享受した「東北地方＝みちのく」について、いま心の深奥から突き上げる思いはやまず、その深い恩恵についてすこしずつ、語っていきたい。自作の短歌作品を引く場合、歌集収載当初のまま、あえて修正・加筆をしない。その方がより真率に、当時の感懐を盛りうると考えるためである。とうぜん技術的には未熟なままのものが含まれるが、この「抄」の主意に免じて、おゆるしいただきたい。

まずは青春時代の大きな恩恵「酒」の二首から。

・やはらかくつつみてくれしをみなごの笑みかなし　浅き酔ひのまぼろし

『一ノ蔵』に。親友が鬼首（おにこうべ。旧鳴子町、現大崎市）の出身であり、学生時代は実によく飲んだ。小牛田出身の後輩から、「お土産」としてもらったこともあり、なつかしい。

蔵元は旧松山町（現大崎市）にあり、東北線（在来線）で小牛田から仙台に向かう時、「ああ、ここがあの一ノ蔵の松山町だ」と感慨にふけった。親しい人間が多い、「地元の酒」のなつかしみに酔ったものである。思い浮かぶ周辺の景観は、一面の水田で、風そよぐ青田の頃から黄金色の秋の実りの季節まで、色鮮やかだ。

やわらかくつつまれるような酔い心地が、夢幻の世界に誘(いざな)ってくれるようだった。

・友と酌みかたみに酔ひしおもひ出よ浦のかすみもたなびきてをり

『浦霞』に。蔵元は塩竈市にある。やはり親友とよく飲んだ。じつは宮城県へ最初に旅したのは、大学3年の夏、釣友会の合宿を率いて奥松島の宮戸島へ行ったのがきっかけであり、その先遣下見で6月ごろ、はじめて宮城の地を踏んだのである。

当時の仙石線ホームは、巨大な仙台駅の構造の北東側に行き止まり式で突っ込んできたような格好になっており、夜行の急行から仙台で下車し、駅の案内を手がかりに仙石線のりばをさがしてゆく時の感覚は、旅の初見の妙味の絶頂だった。

多賀城をすぎて塩竈の市街に入った時、高架駅の印象が強く残っている。いまウィキペディアで調べると、当時すでに高架化されていた本塩釜駅が、それであるようだ。午前の光の中で、高架駅から見わたした海の眺めは、この上なく開放的だった。

飲むほどに、酔うほどに、浦にたなびく霞のごとく、幽遠な酔いの霞がこころをなぐさめてくれたものである。


みちのくへの思いはずっと深く、けれども本ページを始めるには、大きな逡巡や葛藤があったのだが、両蔵元の震災後の歩みを見るにつけ、ここからなら、自分もエールを送ることができるように思われて、綴の1とさせていただいた次第である。なお掲出作品は、いずれも歌集『予後』中、「愛する酒の歌」より引いた。〈二〇一一年五月一一日　漂情みちのく抄　綴1〉

◇2ヶ月を過ぎて

5月も半ばとなった。震災から2ヶ月が過ぎ、世の中の状況が、目に見えて変わりつつある。「目に見えて変わる」と述べることについて、誤解を招かぬことが、そのようなことを口にする者の務めと考えるから、すこし整理をした上で、思うところを述べておきたい。

まず、一番はじめに触れなければならないのは、この大震災の被害の中で、肉親を失い、生活の基盤を失った方々の苦しい状況についてである。ことに今現在、まだ肉親が行方不明である方々の心情を、思いみないわけにはいかない。葬り（はふり）を済ませたか否か、の差異はあろうと、最愛の肉親を失ったことが判明した方々においても同じである。そして命＝身体が無事であっても、生活の方途を根こそぎ奪われてしまった多数の方たちの、今後のゆく道はどうなるのか。冒頭に使った「変わる」という言葉にしても、状況が全く変わっていないか、悪しき方向に変わっている立場の人も、非常に多いのである。福島県の原発関連で避難等を余儀なくされている方たちが、その最たるものだ。

企業活動、経済活動も、甚大な影響を受けている（小社と当業界も例外ではないが、ここでは措く）。このブログでも前に書いたが、傷ついたわが国を、その損傷のもっとも激しい部分から、一歩ずつ立て直していくためには、傷の少ない、もしくは元気な部分が活発に活動することで、国全体の活力を増してゆくことが大事なのだ。そのとき必要なのは、何よりも「心」であろう。傷ついた人を助けよう、自分にできることをしよう、そんな心を持つ日本人がたくさんいることが、今回の深甚な被災の中で、はからずも証明されもした。

が、そのような素直な気持ちを持ちつづけることがむずかしいのも、世の常である。「目に見えて世の中の状況が変わりつつある」今だからこそ、はっきりと声にしておくことが重要なのではないか。平時に近い、余力の残されている者たちが、当たり前に、そして活発に活動し、国全体の力を作ってゆくことを。そしてその「力」＝原資の作り方にも、きちんと目を配り、大きな声を上げていくことも。もちろんその中で、被災地と被災された方々の身の上を思う「心」が、失われてはならないのだ。

〈二〇一一年五月一六日　言問ねこ塾長日記Ｖｏｌ．四四〉

◇否定よりは肯定を

誰もが「埒外（らちがい）」であることを許されぬ大災害を経験して、様々な意見や考えが表明されている。私も「多少の制約」を課しながらも、このブログを中心に自分の考えを表明しているし、種々、あるいは一つのテーマに関してなら、人それぞれにそれぞれの立場で、時に正反対＝両極の考えがあるはずだ。それは当然のことであろう。

このような時だから、気持ちは沈みがちになるのが自然なのかも知れない。私は職場も自宅も都内にあり、直接の被災はしていないから、ここで述べるのも「被災していない」人々の括りにおいてであることを、念のためお断りしておく。

その上で述べるのだが、やはり今、直接に大きな傷を受けていない立場の人は、「否定」よりは「肯定」を、「あきらめ」よりは「希望」を、「マイナス」よりは「プラス」のことを、胸に抱いて生きるべきだと思う。デフレスパイラルという言葉の目新しさが失われて久しいが、負の連鎖を拡大させるのは他愛もないことで、負のエネルギーに対して正のエネルギーで巻き返すことは、非常に難しい。「政治」や「国」という存在への信頼が希薄な〈いま〉だからこそ、一人一人の「ひとびと」が、「負」よりも「正」を、否定より肯定を望む心を、強く持つ必要があると思う。
〈二〇一一年六月一〇日　言問ねこ塾長日記Ｖｏｌ・四八〉

◇一年を経て

平成２３年３月１１日の、あの未曾有の大地震から、今日でまる一年が経った。当夜は会社(塾)に泊まり込み、日付が変わる頃から、このブログに地震発生時のことを綴った（Ｖｏｌ・三六）。

翌日の午後になって帰宅する電車の中で、海岸の松林を越えて集落を襲う、新聞第一面の写真に見入り、言葉もなかった（いや、心中に浮かんだ言葉はあったのだが、軽々しく記すことはできない）。

あれから一年、何ごともなく電車で帰宅できる自分は、掛け値なしに幸福なのだと考えた。・・・・・ここまでを、今日の帰りの電車の中で、手帳に書きとめた。

先立って、自分のブログに綴ったその時その時の考え、思いを、ひととおり振り返っておいた。そして、ここで私は何を書くべきなのか。ためらいを禁じえぬ自分を、やはりとどめておくべきだろう。

言葉に真向かう時、気持ちに偽りはゆるされない。ではこの一年、自分は何をすることができ、何ができなかったのか。言えることは、できたことはいかにも小さく、できなかったことがあまりにも多く、大きすぎる、それだけである。私のような者にできることは、つまるところ言葉の力を信じ、語ることだけなのだが、それすらも十分には為し得なかった。理由の如何によらず、忸怩たるものを感ぜずにはおれぬ。

せめても今の自分にできること。それは、忘れず、語りつづけることでしかない。いくつかのできごとと同じく、あるいは別して、あの震災のことを書くことだけが、私にできることであろう。それはとりわけて負うべき、わが荷なのだろう。

〈二〇一二年三月一一日　言問ねこ塾長日記Ｖｏｌ・七五〉

◇一年半を過ぎて

昨年の３月１１日から、３か月ほどの間、このブログで東日本大震災のことについて、記録的な記述と、自身の存念を述べる叙述とを重ねた。ある段階から、それは定期継続的なものでなく（目的化を避けるため）、折りにふれて書くものとしたのだが、その「折り」の一つが、めぐって来たようである。

継続しての叙述を止めたのには、「一度も被災地を見ていない」ことに対する、忸怩たる思いがあった。福島の原発の〈被害〉が拡大するにつけ、それは強くなった。「一度はこの目で福島を見て来なければ」ということを、震災以来ずっと思って来たのである。

先日（９月９日）、常磐線のいわきの北方、現在上野からの同線の終点となっている広野駅まで、日帰りで行って来た。今、この時にそこにある現実を、じかに己が目にきざむためである。常磐線の現終点を選んだのは、私自身にとってそれが大きなテーマになりうること、また、そこに象徴的なものすがたを読みとることができると考えたためである。

あわせて、いわき市内（小名浜）に住む旧友に、十何年ぶりに再会して来た。そのこと自体この上ない喜びだったが・・・、震災を直接経験し、爾後も職務で対応に当たりつづけている旧友から、海岸沿いに一年半経った今も大きな被害の跡を残したままの被災地を案内してもらったことは、今回いわきへ足を運んだことの、私にとってのかけがえのない経験だったと考えている。

震災からほどない時期、私自身の若き日の「報恩」の時が来るだろうということを、記してもいる。そのことも、いま私のなすべき急務として、すすめている次第である。

下の写真はいわき市の海岸に建つ、もと海洋高校の寮。

〈二〇一二年九月二八日　言問ねこ塾長日記Ｖｏｌ．一〇九〉

※ここから本書の執筆を開始することができました。

◇平成二五年三月一一日

あの大震災から、まる２年の今日を迎えた。未だに行方の分からない方が３０００人近くもあり、一方には生活の再建に苦しむ避難者が３１万人以上もおられ、けれども被災者への対策や「復興」に有効な施策が進められているようには受け止められない、わが国の姿である。

昨日の朝刊では、福島の小中学生に、「学習の深刻な遅れ」がみられると報じられていた。仮設住宅での生活など、住環境が大きな要因を占めているらしい。かりに住まいが元通りであったとしても、日々の生活が、慣れ親しんだ日常と大きく異なる状況では、勉強に集中できないのがふつうである。まして仮設住宅や避難先の見知らぬ土地ではいかばかりか、と容易に察せられるが、教育にたずさわる身でありながら、一人一人の子どもさんたちのためには何も出来ぬ自分であることは、ただ直視するほかないのが現実であり、もどかしい。

もどかしい、と言えば、震災から1年半になろうとする直前の昨年9月に、はじめて福島（いわき市と広野町）を訪れた。今から1年前、去年の3月11日には、わずかなことしかなし得ず忸怩たる思いがあるのみ、と記したのだが、それには被災地を一度も見ていないことへの負い目があった。

だが、一度だけ、それも日帰りで何をして来たわけでもないとはいえ、実地を見て来た上での2年目の今日は、もっと何かを表明しなければならないだろう。今、責任を持って言える範囲のことに過ぎないとしても。

まず、物書きの立場として考える時、未だに、いやずっと癒えることのない傷を負われた方々の痛みの部分に立ち入るような内容のことは、まだ書けないし、書くべきではないとも思う。少なくともあと10年、私自身が50代の間には、物理的な制約を除いても、それはできないことであると思われる。

さしあたって私にできることは、被災された地域の方々の生活の基盤である三陸沿岸の鉄道の復旧を願い、わずかなりとも資するために、寸断された沿岸の鉄道を舞台とした小説を書くことである。そしていま一つ、震災の3か月後に公開した『新雪』(昭和17年に故灰田勝彦先生が歌われた、若人への讃歌)を、歌いつづけることだ。前者は一作目を公開済みであり、後者は間もなく1年9か月、まだまだ力の足りないことを自覚しつつ、営みを少しずつでも積み重ねていくほかはない。

そしてあの日のこと、犠牲になられた方々のことを忘れずに、語り継ぐこと。そのことを改めて自分自身に誓う、今日のこの日である。

〈二〇一三年三月一一日　言問ねこ塾長日記Vol．一四八〉

あとに

二〇一一（平成二三）年当時、わたくしだけでなく、この国の多くの方たちが、これほどの不幸が起こることはあるまいという気持ちでいらしたことと思います。が、あの日から十年の時を迎えるに先立って、世界中が新型コロナウイルス（ＣＯＶＩＤ－19）のために苦しめられ、想像もつかなかったような感染拡大に直面した上、著名な方が亡くなり、親しい方を信じがたい形で失って、深い悲しみと、予測のつかないこれからのありように息をひそめていることでしょう。人の世の苦しみ、悲しみというものは、いつでも繰り返し形を変えて、めぐって来るものだということを痛感します。

そんな中で、このほど本書を上梓することとなりましたが、資料写真の収載と取材にあたり、多くの方のご厚意に助けていただきました。見返し及び口絵写真の多数を占める貴重な鉄道写真につきましては、かつて芸文社発行の『ノスタルジックトレイン』誌でお世話になった眞船直樹先生に、ご提供いただいております。先生は現在北海道大学病院にお勤めであり、新型コロナウイルスへの対応でご多忙をきわめていらっしゃる中で、お手元の膨大な鉄道写真の中からわたくしの望むものをさがし出して下さり、お送り下さいました。多数の写真のご提供も、ご厚意によっています。この場において、あつくお礼を申し上げたいと思います。

わたくし個人の友人としては、福島県いわき市に住む大学時代の旧友佐藤祐昭君が、二〇一二（平成二四）年の九月に、震災発生後一年半を経てようやく「東北地方」に足を運ぶことのできたわたくしを、当時まだ津波の被害の跡の生々しい沿岸地域まで、案内してくれました。二四九ページからの「ブログ抄」に記してある、本書の執筆開始のためにようやくみちのくの海辺をたずねることのできた、わたくしと本書のためには忘れることのできない第一歩でありました。

東日本大震災発生から二年間の思いをつづった「ブログ抄」では、二五〇ページに、二人の東北在住の友人たちの身の上を案じていた当時の思いを、記してあります。その「福島にいる旧友」が、佐藤君でありました。

そしていま一人、「宮城にいる旧友」が、宮城県出身で、今も仙台市内に住む大沼晃彦君です。大沼君が大学卒業後、気仙沼市内の高校の先生として現地に赴任したことから、わたくしの三陸との深いつきあいがはじまりました。さらに今回、本書を上梓することを彼に伝えると、仙台から野蒜（奥松島・月浜）、石巻、女川、志津川、唐桑半島、陸前高田、宮古におよぶ長距離の取材行に、自ら車を運転して案内してくれることを、買って出てくれたのです。

また、本書に掲載させていただいたその他の貴重な資料写真につきましても、陸前高田市の有限会社高田活版様をはじめ多くの方々に、大変ご協力をいただきました。高田活版様のご紹介を経て、岩手県陸前高田市からは旧陸前高田駅の写真をお借りすることができましたし、口絵解説にも記した通り、自身が取材に行けなかった田老駅、田老の防潮堤と震災遺構たろう観光ホテルの写真は岩手県宮古市からご提供いただきました。その一部画像は保存資料でなく新たに撮影して下さったとも伺っています。深く感謝しております。

小説作品は、まったくのフィクションですが、わたくし個人の思いが強くあらわれているところもあるでしょう。本作を執筆、発表できたのは、『Ｗｅｂ頌（オード）』の発行をつづけてくれた佐竹昭彦君の尽力のおかげです。多くの方々のお力をお借りして、出版物として当初想定していた通りのものがつくれたことを、力を貸して下さった方々に感謝申し上げるとともに、このあとできるだけ多くの方の目にふれることを、願うものです。

そしてまた、本書を送り出すことが、生きてある者のつとめを少しでも果たすものとなっているように、東日本大震災で亡くなられた多くの方のご冥福を改めてお祈りしながら、かさねて祈ります。

二〇二一（令和三）年一月一七日

小田原漂情

刊行にあたっての参考文献

『虹の向こうの未希へ』遠藤美恵子著／文藝春秋
『高田松原ものがたり』有限会社高田活版
写真集『釜石　心の風景』写真・文／藤枝　宏　フォトライブラリー心象舎
『ノスタルジックトレインＮｏ．４』芸文社
国鉄全線各駅停車『東北５３０駅』編集委員／宮脇俊三・原田勝正　小学館

著者略歴・筆歴

1963（昭和 38）年 2 月 東京都杉並区生まれ。

1985（昭和 60）年 3 月 明治大学文学部文学科卒業、日本文学専攻。

卒業論文は若山牧水。


1985（昭和 60）年 4 月～1988（昭和 63）年 3 月　株式会社泉郷勤務。

1988（昭和 63）年 4 月～2000（平成 12）年 8 月　株式会社文理勤務。

2003（平成 15）年 6 月　言問学舎を創業。

2004（平成 16）年 11 月 有限会社言問学舎設立。現在に至る。

文学サイト『美し言の葉（うましことのは)』、「桜草短歌会」主宰。

1988（昭和 63）年 5 月 歌集『たえぬおもひに』（画文堂版）
1991（平成 3）年 6 月 歌集『予後』（画文堂版）
1992（平成 4）年 10 月 エッセイ集『遠い道、竝に灰田先生』（画文堂版）
1993（平成 5）年 6 月 歌集『A・B・C・D』（画文堂版）
1997（平成 9）年 6 月 歌文集『わが夢わが歌』（私家版。小田原明子共著）
1998（平成 10）年 11 月歌集 『奇魂・碧魂』（ながらみ書房版）
2000（平成 12）年 3 月 『小説　碓氷峠』（画文堂版）
2000（平成 12）年 12 月 『小説 呼子谷／花祭りと三河紀行』（豊川堂版）

2014（平成 26）年 7 月小説『遠つ世の声』（電子書籍版）
2014（平成 26）年 10 月『小説 碓氷峠』（電子書籍版）
2014（平成 26）年 10 月『小説 鉄の軛み』（電子書籍版）
2015（平成 27）年 1 月物語集『漂情むかしがたり』（電子書籍版）
2015（平成 27）年 8 月小説『海の滴』（電子書籍版）

2019 年（平成 31）年 3 月 『国語のアクティブラーニング　音読で育てる
読解力　小学 5 年～中学 2 年対応 1』（言問学舎版）
※これより有限会社言問学舎にて出版を開始する。
2019 年（令和元）年 6 月 『国語のアクティブラーニング　音読で育てる読
解力小学 2 年～4 年対応 1』（言問学舎版）
2019 年（令和元）年 10 月 編著『文語文法の総仕上げ』（言問学舎版）
2020 年（令和 2）年 8 月 『国語のアクティブラーニング　音読で育てる
読解力　小学 2 年～4 年対応 2』（言問学舎版）

たまきはる海のいのちを
－三陸の鉄路よ永遠《とわ》に
著者　小田原漂情
発行　有限会社言問学舎
東京都文京区西片二－二一－一二
電話　〇三（五八〇五）七八一七
印刷・製本　株式会社メイク
二〇二一年二月一一日初版発行
定価　本体一六〇〇円＋税

ISBN978-4-9910776-4-7